# 人生を救え！

町田　康／いしいしんじ

角川文庫 14171

# 目次

# どうにかなる人生

人生相談◎回答／町田康

## 彼の家は一流志向

短大一年生の私は、付き合っている彼のことで悩んでいます。

彼は四年制の一年生で同い年です。とても気が合い、話も合うので付き合い始めたのですが、付き合うにつれて、二人の大きな違いに気づきました。

彼の家は一流（ブランド）志向、彼自身も全国に名の知られた有名私立校で、ずっとエスカレーター式に育ってきました。

大きな家に高級外車、グランドピアノ。兄弟も私立の学校に通っています。それに比べ、私は普通の公立高校出身で、奨学金とバイトでやっとことという生活です。高校生の彼の妹とどっちが大人っぽく見えるかという話になった時も、「着ているものが違うから」と言われてしまいました。

とてもみじめで悲しかったのですが、本当のことです。仕方がないのかなと思いました。

彼との仲はとてもいいし、何も問題ないのですが……。


（神奈川県・短大生、女性十九歳）

二十年前。ぶらっと友人宅を訪問したところ、友人は、自分の入っていったのにも気がつかず、部屋の真ん中で、畳に顔を近づけて一心不乱になにか描いている。いったいなにを、とのぞき込むと、しら紙に自動車の絵、どうも妙だな、と思いつつ脇で煙草を吸っていると、やがて得心がいったのか彼は、描き上がった自動車の絵を日の光にかざし、うん、うまく描けた、と呟《つぶや》いたかと思ったら、せっかく描いた絵をびりびりと破り、わっと男泣き、いったいぜんたいどうしちまったんだい、と、尋ねると彼は、高級外車に乗った金持ちのぼんぼんに彼女をとられ、くち惜しさのあまりにその高級外車の絵を描いていたのだと言ってまた泣いた。可哀相になった自分は、高級外車は買ってやれんが、せめて、と高級外車のプラモデルを買ってやったが、彼の心の傷は深く、しばらくの間、彼は町で高級外車を見るたび、だらあ、こらあ、などと口を極めて罵倒《ばとう》をする、という奇癖が治らなかったのである。

　昔から財力のある男というのは女にもてる。しかしながら、いやそんなことはない、愛だよ、心だよ、という意見もあり、いったいどっちなんだ？　金なのか、愛なのか、というのは、金色夜叉《こんじきやしゃ》なんてな話もあるように、実に難しいところではあるが、結局は、恋愛は、愛なら愛、金なら金、とすっぱり割り切れるものではなくして、その両者が状況に応じて適宜、いい具合にブレンドされている必要があって、また、その配合比は時々に応じて変化、最初はちょうどいい具合だな、と思っていても、しばらくすると金がやはり足りんなと思うようになって喧嘩《けんか》になったりするのである。

　このように困難な人間の恋愛であるが、あなたの場合も愛と金を分離して考えすぎているんじゃないかな。つまり、気が合い、話も合い、仲はとてもいい、のにもかかわらず、彼、ひいては彼の家の財力が障害となるかもしれない、と考えている。あなたは一度、彼が仮に、無名三流大学の出身で、中古の自転車に乗り、みすぼらしい恰好《かっこう》で変な言葉を喋《しゃべ》るパンクロッカーだった場合でも、真に彼のことが好きかどうか、という問いを自らに問うてみるといいと思うな。その答えがそのままあなたの悩みに対する答えになると思うよ。

## 何をやっても続かない

悩みというには、少し淡い相談事なのですが、よろしくお願い致します。

何をやっても続かないのです。いろいろな習い事をしました。英会話、陶芸、体操、テニス……。最初のうちは面白くて、毎日が楽しくなるぐらいなのですが、何週間かすると飽きてしまうのです。一人娘はだんだんと手がかからなくなってきましたし、主人からも「今のうちに、何か、人生の楽しみをみつけた方がいい」と言われるのですが、何をやっても、だんだんとつまらなくなってしまいます。マンション暮らしなのでペットは飼えないし、関西の出身なので、あまり友人もいません。今は、せいぜい、近くの図書館で本を借りてきて読むぐらいでしょうか。「テレビばかり見る毎日を送りたくない」とは思っているのですが……。

（千葉県・主婦、四十一歳）

ひとに海釣りというのを習ったことがある。ところが、この、釣る、という行為は、習ってみて初めてわかったが、まことにもって卑怯《ひきょう》な行為で、まず、竿《さお》の先に魚類に気どられぬように透明な糸をつける。卑怯である。その卑怯な糸の先に針をつけ、針に魚類が好む御馳走《ごちそう》をつける、つまり、魚が、うわあ、おいしそうな御馳走や、食べよ食べよ、と、これを食べた場合、鋭利な刃物が顎《あご》や頬に刺さり、もがけばもがくほど食い込むという字義通りに欺瞞《ぎまん》的な仕掛けがしてあるのである。自分は教えられるが儘《まま》に、やあ、などと浅ましいかけ声をあげ、海にむかいて竿を振った。錘《おもり》はずんずん海に沈んでいったが、わずかの銭を払えば近所で新鮮な魚がいくらでも手に入るのに、なにを好きこのんで自分はかかる無慈悲な殺生をしているのだ、という思いが募って心も沈み、ものの半時間も経たぬうちに竿もなにもその場にうち捨てて、浜沿いの掛け小屋で日本酒を飲み焼き栄螺《さざえ》を食ったのである。

人生を楽しむために、と習い事をするひとは多いが、そもそも基礎というものは退屈なものである。しかしまあ、なにもそれで飯を食っていくわけではないのだから、基礎などいい加減にやっときゃいいじゃん、と言うひともあるが、真にその妙味、面白さを味わうためには、その退屈な部分を乗り越える必要があり、たいていの人はその時点で飽きてしまう。

手紙を読むとあなたもここのところで引っかかっているようにも思えるが、僕は、実はあなたの場合はそうではなく、真に興味のあること楽しいことに、まだ出会っていないような気がするな。

あなたは、英会話、陶芸、体操、テニスなどを習ったとあるけれども、それは右にある僕にとっての海釣りの如きもので、いい加減に、まあ一般的にみんなこういうことをやるのだから自分もやってみよう程度の気持ちで決めていたんじゃないかな？　でもね。僕に言わせれば人間の闇は無限だよ。もしかしたらあなたはここではちょっと言えないようなことが楽しいのかも知らんよ。いまの世の中はねぇ、レディー・メイドの楽しみがいっぱいあるけど、大部分のひとにとっての真の愉《たの》しみというのは、もっと別のところにあるのだと思うよ、僕は。だからあなたは一度、自分を解放して楽しいと思うことだけをやってみたらいいと思う。しかし、そうすると僕みたいになってしまうかも知らんがね。ひっひっ。ひっ。ひいいっ。

## 哲学にハマっている夫

いまどき哲学にハマっている夫に悩んでます。夫は商家の長男に生まれながら、商売にまつわる実務的なことが生来不得手です。かといって表立って親に逆らって独立する気概もなく、毎日部屋にこもっては難しそうな哲学の本を読みふけったり、訳の分からない書きものをしています。二人の子供や、舅《しゅうと》、姑《しゅうとめ》の世話も、店の番もみんな私に押しつけて、「哲学者には昔から悪妻がつきものだ」などとふざけたことを言ってるのを見ると、心底腹が立ちます。それればかりか自費出版のお金まで出させようとするのですから、本当にあきれてモノもいえません。どんなに責めても何の反省もせず、ひたすら家業をさぼり、ひとりよがりの哲学をする夫は究極のエゴイストではないかと思います。何とか、こんな夫を商売や、家族に目を向けさせる方法はないでしょうか。

（神奈川県・自営業、女性三十五歳）

世間が目の色を変えて金儲《かねもう》けに狂奔、地球全体が鉄火場と化したようなご時世に哲学を志すなどというのはまことにもって見上げた根性で、あなたの御亭主は実に偉い人であるといえるが、問題はやはりあなたのいうように、哲学をすると家業・生業がどうしてもおろそかになるという点で、自分の知り人にもやはり哲学に凝った男があった。腕の確かな大工だった彼は、哲学をするようになってから、さっぱり仕事に行かなくなった。

しかも間《ま》の悪いことに、彼が哲学を始めたのと前後して、初めての子供が生まれた。しかし彼は、哲学三昧《ざんまい》。当然の話であるが忽《たちま》ちにして家計は逼迫《ひっぱく》し、乳呑児《ちのみご》は、おとっつあん、ひもじいよお、とばかりに泣き叫ぶのだけれども、彼はなお、こんなもなあ単なる現象にすぎねぇ、などと嘯《うそぶ》いて、悠然と哲学を続け彼の細君は家計のやりくりにどえらい苦労をしたのである。このように哲学は不幸と災いを招く。なぜか。おかしいじゃないか。人間についての真理を探求するのがなぜいけないんだ、という人もあるかも知らんが、考えてみればそれは当然の話で、哲学というのは、知恵に対する愛・希求という意味のフィロソフィーというギリシャ語の訳語なのであって、つまり哲学をするということは、ひたすら知恵を愛し希求するということで、家庭から見れば家族を愛さずよその知恵を愛するという意味において脇に愛人を拵《こしら》えるのとたいして変わりのない行為だからである。しかしながら、文面から拝察するに、あなたの御亭主の場合、まだ脈があると思うな。僕はあなたの御亭主は、さほど知恵を愛し希求していないように思う。というのはつまり、知恵を愛し窮するあまり家業をさぼっているのではなくして、逆、すなわち、家業をさぼりたいあまりに、その口実として知恵を愛し希求しているふりをしているだけだと思うんだ。だから僕はほっとけばいい、というかむしろ容認したほうがいいと思いますよ。実は右の僕の知り人もそうだったんだけれども、なにを訳の分からないことをやっているのだ、などと言われているうちは、優越感が刺激せられて、ふっ、おまえらには分からんことだ、などと嘯いていられるのだけれども、そう言われなくなり逆に哲学についての初歩的な質問をされるなどすると、しどろもどろになったりして、いったい俺はなにをやっているのだろう、となってすぐに止めてしまうと思います。まあ、家業が嫌いな御亭主のこと、その後、もっとわかりやすい道楽を始めることでしょうけど。

## 夫が愛してくれません

夫と三人の娘と夫の両親と生活しています。はたからは、何の不自由もなく幸福そうな家族に見えるかもしれません。でも、結婚して十五年、初めは針一本ぐらいだった溝が、今は広く深い底無しのものになっています。夫とは必要最小限の日常会話しかしません。彼は息子であり、父親であることには忠実ですが、私には他人のようにふるまいます。ここ二、三年は夫婦の営みもなく、私は取り残された寂しさに耐えてきました。たまに、「あなたは冷たいわ。どうして抱いてくれないの」と詰め寄っても、「忙しい」と相手にしてくれません。よく働き、子供と遊ぶ普通の男に、「夫」はできないのでしょうか？　私たちはもう、男と女ではないのでしょうか？　心の奥にいつも冷たい寂しさがあります。どうしたら、夫に愛されるのでしょうか？

（千葉県・主婦、四十歳）

もうだいぶんと前の話であるが、ある知り人の述懐を聞いて、驚愕《きょうがく》はしない、驚愕はしないけれども、なるほどそんなものか、と思ったことがある。

というのは、その、演出家であった知り人は、「僕は、いまこうして外では演出家として振る舞っているけれども、ひとたび家に帰ったら、今度は、いい夫を演じなければならず、その乖離《かいり》に苦しむことがしばしばあるんだ」と云ったのである。

つまり、彼は、外においては演出家として俳優やその他関係者になめられないために、一定程度、威儀を正しておらねばならず、家にあっては、甘々のいい夫として妻子を構い、休日ともなると子供を連れて河原に行き焼き肉や魚釣りをせねばならず、つまりそのギャップに苦しんでいる、という意味のことをいったのである。

これはつまりどういうことかというと、社会・世間というものが人工物であると同様に、家庭というものもまた、人工物であり、がために家庭は、社会・世間もそうだが、家庭が家庭であるために、その構成員、すなわち家族に一定の努力・忍耐を要求する、ということであり、右の知り人の場合は、その、努力・忍耐の方向がまるで逆であった、ということである。

そのことからも知れるように家庭を平和裡《り》に運営していく秘訣《ひけつ》は、ひとえにこれ、努力・忍耐であって、一般に思われているように愛などという甘ったれたものではない。というか、愛というものの本然は執着心であり、この執着心はときに、例えば子供の教育方針を巡って夫婦の意見が対立するなどして、家庭を破壊してしまうことだってあるのである。だからあなたの夫に欠けているのは、努力・忍耐・根性・ファイト・ガッツなどであって、けっして愛ではない。そしてなぜそんなことになるのかというと、あなたはあなたの夫が「忙しい」と云うのを嘘だと思っている節があるが、それは嘘ではなく、つまり、あなたの夫は、社会・世間でファイトやガッツを使い果たしてしまっているのであり、なぜそうなるかというと、社会・世間のプレッシャーの方が、あなたのプレッシャーより強いからである。

僕はあなたは、その心の奥の冷たい寂しさを直截《ちょくせつ》に夫にぶつけ、社会・世間以上にプレッシャーをかければいいと思うな。さすれば、夫はもてるすべてのガッツ・ファイトをあなたに向け、あなたの寂しさは解消され、夫はリストラ対象者となるでしょう。

## 夫が会社を突然辞めた

今日は、四十五歳になる私の夫のことで相談します。どうか、聞いてください。

夫は最近二十年以上勤めた会社を突然辞めてしまいました。

もちろん今後の予定は白紙です。

「これから私は社長だ!」などと妄想のようなことを申しております。

バブル時代に建てた家の巨額のローンだってあるというのに。本当に困ってしまいます。

一体、どうしたら夫を元の状態にリセットできるでしょうか。

一発殴れば直りますか?

何か、いい案があれば教えてください。

町田さんの本は、日ごろから愛読させていただいております。


（神奈川県・主婦、三十七歳）


職人の業界用語に、手元、という言葉がある。手元。一般的には、助手、てなことになるのであろうか、脚立《きゃたつ》に乗って、ドリル、アンカー、などと命じる職人に、それらを手渡したりするのが手元の仕事で、つまり手元は雑用・雑務全般を担当するのである。

手元は疲れる、と手元の人は口を揃えて言う。なんとなれば手元は自分のペースで仕事が出来ない、職人の一挙手一投足に全身全霊で注目、わずかの動きにも反応して、気の休まる暇がないからである。このことは一般の社会にもいえ、例えば会社でいうと、職人というのは社長、手元は社員である。社長は、経営の先々のことを大局的に判断し、社員にいろいろ命令をする。しかしながら社員は、その社長の考えすべてを把握しているわけではないから、いったいなんのためにこんなことをしなければならぬのだ、と疑問を抱くこともこれあり、ときとして前向きな気持ちで仕事に取り組めぬことがあるのである。

戦《いくさ》なんかの場合はもっと端的で、大将の命令一下、兵隊は訳もわからぬまま、敵陣に突っ込んで命のやりとりをせねばならぬのであり、いちいち兵隊に、「あすこに敵がおりましてですね、とりあえず、あーた、こっちから、わあーっと行ってください、また別の部隊がこっちから、ばーっと行きますから。大丈夫でございますよ」などと説明する大将は、いまも昔もいないけずである。となると誰だって、社長、大将になりたいのは当然の話であり、僕には、あなたの御主人が会社を辞めた、その心情がたいへんよくわかる。

しかしながらここで看過されがちなのは、大将などには、戦に負けた場合、腹を切らねばならぬ、といった相応の責任があるということで、たいていの人はここのところをわからぬまま、一国一城の主《あるじ》となりたがる。という点で、みたところあなたの御主人にも多分にその傾向を僕は感じる。あなたの御主人は大将や社長にも相応のプレッシャーがあるということを一度体験してみるといいと思う。が、そんなことができるのか？　できる。聞けば今後の予定は白紙、とのこと。あなたはあなたの御主人にプレイステーションなどのゲーム機を買い与えればいいと思う。御主人は、社長ゲームや戦争ゲームに没頭、失業保険の給付がなくなる頃には、やはり責任のない立場が気楽だ、と悟るようになると思いますよ。

## 明るい性格になりたい

自分の性格がいやでたまりません。人の失敗が許せないし、自分の思い通りにならないと納得できないし、四角四面で融通がきかなくて、欠点ばかりです。好きな人に対しても素直になれず、今まで、男性とお付き合いしたことがありません。年齢を重ねるにつれ、どうせ私なんて、という気持ちが強くなり、ますます性格が悪くなっているような気がします。アドバイスを受けると、しばらくは反省するのですが、時間がたつと元通りになってしまい、そのたびに自己嫌悪に陥ります。生きていることが辛《つら》くなります。芝居、映画、音楽など、それなりに趣味はありますが、生きていく支えというほどではありません。家族の中でも自分の存在価値は見いだせず、一人でいる時が一番気楽です。もっと明るい性格になれたらと思うのですが、恋愛以外で自分を変えることとって、できるんでしょうか。

(東京都・会社員、女性三十五歳)

他人の失敗が許せない、というのは、なにもあなたに限ったことではなく、だいたい誰だってそうだと思います。したがってあなたが、他人と比較して特別に性格が悪いというわけではありません。じゃあ、なぜ、あなただけが、自己嫌悪に陥るか、もっというと、他の人格と良好な関係を保つことが出来ぬのか、というと、それは、あなた自身が自ら指摘しているように、その四角四面で融通のきかない、というところに問題があるように思います。

イエス・キリストは、他人の失敗を赦《ゆる》しなさい、さすれば、あなたが犯した失敗を神も赦してくださるでしょう、と言いました。そら当然でしょう、人の失敗を厳しく指弾しておいて、自分の失敗に関しては、あー、わりーわりー、では神は赦してくれません、そこは、私も赦したんで、ひとつ、そっちの方もよろしくお願いします、という風でなければ神も世間も納得しないというのは当然の道理です。

ところが、あなたの場合、それが許せない。なぜか？　それは、あなた自身が殆《ほとん》ど失敗をしないからではないでしょうか？　五時に例の店でね、なんて約束をした場合、通常であれば、五分、十分の遅刻は、社会通念上、許せる範囲の遅刻なのだけれども、あなたはどんなことがあっても五時に駆けつける。ところが相手はまだ来ていない。私が五時にまにあうためにどれだけの苦労をしたと思っているのだ、はっきり言って、退社を許可せぬ上司を殴打の揚げ句、すべての交通規則を破り、結果、大破したクルマをうちすててやっとの思いで駆けつけたのだ。それをば、なんだ？　へらへら笑ってごめんごめん、だと？　許せない、殺す。となるわけです。

つまりだから、あなたは自分が殆ど失敗をしないので失敗をする人の気持ちが理解できず、たるんでいる、ふざけているからそんな失敗をするのだ、と腹を立てる。それを解消するために、あなたは進んで失敗をする、人間のハードルを下げる必要がある、と僕は思うな。

そしてそれは、たるんだり、ふざけたり、さぼったり、怠けたりするだけで簡単にできることです。しかし、あなたは四角四面、それはそれで辛いでしょうが、大丈夫です。

滑稽《こっけい》な失敗譚《だん》というのは例えば落語に多くあります。あなたはこれら落語などを勉強し、失敗のキュートな面を勉強すればよいのです。あなたの人生はとても楽になり、あなた自身もキュートな失敗ができるようになると思いますよ。

## DJになりたい

私は二年間働いた会社を辞め、その後、また事務の仕事につきました。でも、自分の好きな仕事（やりたいこと）ではなく、二度目の退職をしました。

学校を卒業したらOLになるのが当たり前のような気がして、みんなと同じように働いたけど、やっぱり夢をかなえたくて、ラジオ局に電話をして、どうしたらDJになれるか聞いてみました。すると、アナウンサー学院に行けば募集があるかもしれないとか、局ではいつDJを募集するかわからないとか……。何を勉強したらいいかも教えてくれず、このまま夢を追っていても答えが出そうもなく不安です。親には、のんきなことを言ってないで就職探すのが大事と言われます。私もそれは承知しているのですが、誇りの持てる仕事がしたいんです。アドバイスをお願いします。（千葉県・アルバイト、女性二十四歳）

まあ、ラジオのパーソナリティーに限らず、なにかになる、ということは非常に難しいことで、なんとなれば、なにかになる、ためには、その、なにか、がなんなのかを知っていないとなれないからで、しかし、なにかになろうと思っている人は大抵、これからなろうとしている訳だから、そのなにかがなんなのかよくわからない儘《まま》、ならなければならぬからで、訳が分からぬ儘、闇雲になろうとしても大概は失敗をするに決まっているからである。具体的に申し上げると、例えば、刀鍛冶《かじ》になりたいと思った時点で、人はいまだ刀鍛冶ではないわけで、刀鍛冶がなんだかわからぬ儘、刀鍛冶を目指さねばならず、がために、名刀工五郎正宗《まさむね》になったようなつもりで、烏帽子《えぼし》を被《かぶ》り白装束で往来を歩くなど、本来の刀鍛冶になるために必要な努力とはまるで違った、無駄な努力をしてしまいがちなのである。

また、そうした愚行・奇行を防止するために各種学校や職業訓練学校というものがあるのであるが、同じことをするのでも金を払ってやるのと金を貰《もら》ってやるのとでは、随分とやり方が違うのであり、いくら学校で技術を習ってもそれは畳水練、必ず、なれる、とは言い難い。

だからしたがって、なにかになるためには、そのなりたいなにかの選択が肝要なのであって、間違っても自分でもよくわかっていないなにかになろうとしてはならず、できれば、その内容を熟知しているものに、なろうとすれば、なれる確率は比較的高いだろうし、もっというと、免状が出ていて、試験に合格すればなれるもの、すなわち、判事や検事、医師、公認会計士などを目指せばもっと確実であり、それでも不安な場合は、もっと揺るぎないもの、すなわち、水素や炭素といった物質そのものになってしまえばいいわけで、まあ、なりやすいといえばこんなところであろう。つまりなにかになるということはかなり不確実なことで、すべての人は結果的になにかになっているが、殆どの場合が最初になろうと思ったなにかと違っていて、なんだか訳の分からぬ間になってしまった。気がつくとこんなことになってしまっていた、というのが実情でございましょう。

あなたの場合、ラジオのパーソナリティーになりたいとのこと。まあ、難しいでしょう。

しかしながら申し上げたように狙いというのは逸《そ》れるもの、あなたはなにになりたい、というより、なにをやりたいのかを考え、なる、問題はいまは考えない方がいいと思いますよ。

## 夢に振り回されます

私の悩みは、あまりにも生活が夢に振り回されてしまうことです。これから起こるであろう出来事を予測して、その後をシミュレーションしているような感じなのです。夢から覚めると、さっきまでの出来事は現実のことなのか、ただの夢だったのか、どっちつかずになり、ものすごく不安になります。そして、なんとなく、夢の通りに物事が運ばれていくような気がします。どうして、もっと客観的に夢は夢だとわりきれないんでしょう。普通に楽しい夢でも見て、安らかに眠りたいのです。でも、確かに夢が当たっていることもあります。人の心の状態とか、人格とか。「ああ、やっぱり、こーゆう人だったんだー」とか。その通りに裏切られたり！

どのように夢と付き合っていけば良いでしょうか。アドバイスをお願いします。

(東京都・学生、女性二十五歳)

夢は五臓の疲れ、なんてなことを言うひとがあるかと思うと、夢見の八兵衛《はちべえ》なんて落語があり、また、小説や映画、さらには学問の分野でも夢というのは、実に重要視されてきたのであり、夢というものが現実に対して示唆的である、というのは、誰にでも思い当たる節がある筈《はず》である。

というのは、人間というものは因果なもので、奇怪なことや非現実的なことに心を奪われやすい一方で、その奇怪なことを論理的に理解したがる傾向があって、奇怪なことを奇怪なまま放置しておくのが不安だからで、大抵のドラマ・物語は奇怪なことが実は奇怪でもなんでもなく、ほら、こんな理由があったのだよ、なんて我々に提示、実はこの世に奇怪なことなどなにひとつ御座いませんよ。大丈夫でございますよ。なんて言い続けているに過ぎず、しかし、需要があってのこと、まあ、しょうがないなあ、と思いつつも、やはり人間の心の奥底で奔騰している思念、情念、妄念、怨念《おんねん》などは相当に奇怪でねじ曲がっているに違いなく、だからこそ、そういうものを様々の人工物でもって宥《なだ》めておく必要があるのかも知らんが、しかし宥まりきらん部分が夢として現れ、我々は、夢特有の現実的でない部分に対して、面白がったり、不気味に思ったりしつつも、しかし、それだけではすませず、またぞろ論理的に理解しようとして、こういうことかいな。いや、こういうことかも知らん、と様々の邪推をするからである。

しかしながら、その理解の道筋というものは、複雑に曲がりくねった分かれ道の多い、真っ暗な細道で、あなたの言うように、知り合いが悪人とか、明日は金を拾ってその金でパンを買ったが実にまずかった、といったわかりやすいものではなく、人が急に入れ替わったり、時間が逆戻ったりする奇怪な夢は奇怪な道筋を通って、思いもよらぬ奇怪な関わりを現実とこれ結んでいるのであって、したがってあなたの、夢かうつつか判然としない、という訴えはさほど深刻なものではないと僕は思うな。特に心配したり気にしたりする必要はありませんよ。放置していいと僕は思う。とりあえず夢日記でもどうかな？　あなたの言うほど直接的なメッセージじゃない、ということくらいはわかるんじゃないかな。

　あと、文面から拝察するに、あなたは多分大丈夫だと思うけど、よほど妙だと思ったら、自分で結論を出すより、まず専門家に相談をしたほうがいいと思いますよ。

## 俳優さんに会いたい

某ビデオを見て以来、すっかり、ある俳優さんのファンになってしまいました。その俳優さんの舞台を見に行きたいと思うのですが、ファンクラブのメンバーでもないですし、地方に住んでいますので、舞台のことが何もわかりません。ファンレターを書いても一度も返事をもらったことがないですし、事務所へ問い合わせるのもご迷惑かとも思います。どうすれば、俳優さんの舞台がわかりますか。ビデオを見て、こんなにファンになった俳優さんは初めてですし、ぜひ、舞台を見に東京へ行こうと思っています。私も年齢が増すごとに東京へ出づらくなりますし、なるべく早い方がいいので、町田さんにお聞きしたいのですが、どうすればいいでしょうか。俳優さんの名前は香川照之《てるゆき》さんです。知ってらっしゃいますか？

（広島県・主婦、三十九歳）

情報技術、なんてなのがもてはやされる昨今、個人においても情報の収集は不可欠ってんで、メーカーは各種情報ツールを売り出し、かかるツールを持って居らぬ者は、必要な情報を得ることができず、世の中から取り残されますよ。買った人には成功が約束されます。買わぬ人は周囲にばかだと思われて孤立、ぶらぶら病にかかって死にます、なんて宣伝をするのだから人々は競ってそれら情報端末を購入、新聞や地上波のテレビといった従前のメディアからだけではなく、インターネットなどから様々の情報を取得できるようになったのでありそれ自体は慶賀すべきことであるといえる。しかしながら情報というものは、ただ集めればよい、というものではなくして、これを分析して初めて役立つ情報といえるのであって、それが出来ぬ場合は単なるノイズである。そして当然のごとくに、ただでさえ仕事で忙しい働き奴《ど》がそんな面倒なことをやっている暇はなく、諸人は情報の波《は》濤《とう》に翻弄《ほんろう》される小舟のごとき有り様となり果て、しかも、情報から取り残されるかも知らん、という不安は日に日に増大、そして、そういう不安につけ込んで、これが流行してまっせ、みんなこの流行を知っている、知らないのはあんただけ、などと虚偽の情報を流す頭のいい奴が出てきて、人々は情報によって遮断されているから隣のおっさんに、ほんまに流《は》行《や》ってまんのんか？　と訊《き》くこともできず、蹌踉《そうろう》としてショップに走り、くれぇくれぇ、と手を伸ばしてこれを購入、一安心したのは束《つか》の間《ま》でまたぞろ次の流行を探しにかかる、なんてな不幸も世間には多い。

　それに比してあなたは幸福だと僕は思うな。例えば僕はあなたの仰《おつしや》る俳優の名前を検索語句としてインターネットに検索をかけてみたところ簡単に舞台の情報はみつかった。ぅでもねぇ、幸福な出会いっていうのは、あなたが偶然、ビデオでその俳優に出会ったように、虚のものだと僕は思うし、色恋沙《ざ》汰《た》などがそうであるように、人は様々の苦労や障害が多い方がより情熱的になれるもので、あなたはせっかく舞台の情報を得る方法を知らないのだから、その知らない状態のままで上京、道行く人に写真を見せてこの俳優の舞台を知りませんか？　ときくもよし、めったやたらと歩き回るもよし、そのうち路銀も尽きてあなたは様々の波瀾万丈《はらんばんじょう》なストーリーを体験、そうしたドラマチックな体験を経て舞台に出会ったときに得られる幸福感たるや、激烈なものだと僕は思いますよ。

# だらしない生活

だらしない生活態度をどうにかしたいのですが、どうにも改まりません。部屋は散らかったまま、語学を習得しようとすると三日も続かず、今日こそ凝った夕食を作ろうと決心しても、だらだらして、一服しつつ、もう適当でいい、永井荷風みたいに、遺産でのんびり暮らしてみたいなあ、などと考えてしまいます。禁煙にいたっては、すでにあきらめました。最近になってようやく、頑張ろうと気合を入れ過ぎるから、イキオイばかりが空回りして疲れるのだ、頑張らずに頑張るのがいいのではないかと気付きました。しかし、それはなかなかに難しく、やっぱりだめです。かと言って、生涯、怠け者でいこうという覚悟もできません。いい具合に自分を律して生活するには、どのようなことを心がければいいのでしょうか。

（愛媛県・販売員、女性三十一歳）

己を律するということは実に大変なことで、できることならそういう大変なことはなるべく、しない・やらないでいた方が人生は楽しいのであるが、しかし、世界偉人伝なんかを読んでみると、そういう後に功成り名を遂げた人は、若いときに厳しく己を律していた人が多く、また、アリとキリギリスなんて童話やなんかを読んでみると、あまり己を律しなかったキリギリスは後日悲惨な生活に喘《あえ》ぎ、能《よ》く己を律したアリは安楽な生活を送る、てなことが書いてあり、それらを見る限りにおいては、やはり、人はなるべく己を律して生活をしたほうがいいといえる。

しかしながら、かくいう自分、どういう訳か若い頃から己を律するのが苦手で、ほとんど己を律しないで生きてきた、その結果、とうとうパンク歌手にまで落ちぶれてしまったのであり、数年前のある日、自分は一念発起、そろそろ己を律して生きていこうかな、と思い立ち、まあ自分もこんなだから初めのうちはどえらい苦労をしたのだけれども、そのうち簡単に己を律することができるようになり、以来、どうやらこうやら己を律して生きてきたのであり、本日はそのわたしのメソッドをあなたに伝授いたしたいと思う。

辞書に拠《よ》ると律するとは、ある基準によって物事を考えたり、処理したりするということであるが、一般の人が己を律する場合、その基準の方向性を誤ることが多い。というのは、律するというと大抵の人は、初めから不可能な、己という存在と矛盾する、土台、不可能な方向に向かおうとするのである。しかしそもそも己を律するのは誰だろうか？　それは他ならぬ己なのであり、つまり、その律する基準を拵《こしら》えているのもまた己、となると、この場合、律に則《のっと》って生活をする、律を守ることが最大の目的なのだから、部屋をこまめに片づけるべし、語学を習得すべしといった、己が守れないような律は最初から拵えずに、語学などというものは外国かぶれの阿呆《あほう》がやるものだ。自分は母語を愛する。語学はこれを学ぶべからず、凝った料理は面倒だし贅沢《ぜいたく》だ、粗食主義徹すべし、ただし外食はこの限りにあらず、健康のことを考えて煙草は一日あたり千本以下にとどめることといった、己にとって守りやすい律を定めればいいのである。つまり、頑張らずに頑張るのではなく、頑張って頑張らない。さすればあなたは、自分は己を律しているのだ、という満足感・達成感によって、明るく豊かな人生を送ることができるでしょう。

## 失敗を恐れずに生きたい

失敗を恐れずに目的に向かっていくにはどう気持ちを持てばいいのか、アドバイスをいただきたく、ペンをとりました。

目前に公務員試験を控え、ラストスパートといくべきなのですが、いつも失敗したらどうしようという思いが先立ち、集中しきれずにいます。

また、そういう自分を見ては不安になるという悪循環もしています。自分自身、とても慎重な性格で、危険なことや失敗しそうなことには極力、手を出さずに、今まで生きて来ました。

失敗した時に、人に笑われるのではないか、ばかにされるのではないか、という心配もあります。

失敗に振り回されずに、自分の力を発揮するための心構えや、失敗した時の受け止め方をどうすればいいのか、教えてください。

（東京都・学生、女性二十一歳）

失敗をおそれずにがんがんいけ、なんてなことを言うひとがあるが、それを真《ま》に受けてがんがんいき、で、失敗、すみません、がんがんいった結果、失敗をしました、と明るく報告するや、バカヤローなにをやっておるのだ、少しは先のことを考えろ、などと叱責《しっせき》される、なんてなことは世間によくあり、そういう風に考えると、失敗したときのことを考慮に入れて行動をした方がいいように思えるが、一概にそうとも言えぬのは、しまった、失敗をした、なんて言ってること自体が失敗である、或《ある》いは、失敗だったというその判断が失敗だった場合、もっと言うと、仮に成功をしたとしても、その成功と思っていることが長い目で見れば失敗かも知れぬ、という可能性があるからで、つまり、ひとの失敗、成功はなかなかに判断がつきにくいうえ、人間のやることはこれまで殆《ほとん》ど失敗の連続であった、という見方さえできるからである。

例えば、ある人が就職試験に失敗をしたとする。うわあ、失敗だ、とその人は落ち込み、自暴自棄になって、ギターを抱えてやけくそで歌い散らしたところ、最終的にこの歌が六百万枚の大ヒット、彼は何億という著作権印税その他を手にした。つまり彼が就職に成功していればこのような莫大《ばくだい》な富を手にすることはなかったのであって、はじめ彼が失敗だ、と思った就職の失敗は実は失敗ではなかったのである。こういうことをさして失敗は成功のもとという、てなことを言いながら、彼は、二匹目の泥鰌《どじょう》を狙って次々と曲を拵《こしら》えたが、どういう訳かこれがちっとも売れない、焦った彼は、売れた曲は自暴自棄で拵えて売れたのだから、と、わざと失恋をしたりして自暴自棄になって曲を拵えたりしてもみるのだけれどやはり駄目、かといって、一度、栄耀《えいよう》栄華を極めた彼はすっ堅気になることもできず、ぐずぐずするうち、座して食らわば山をも、というわけで儲《もう》けた金はみな費消してしまい、哀れ彼は乞食になってしまったのであり、つまり彼は曲が売れた時点で成功だと思っていたのだけれども、実はそれこそが大失敗だったわけで、そういう風に考えると、その時点、時点で我々が成功した失敗した、と一喜一憂しているのは実に虚《むな》しいことで、そもそも人間の存在自体が地球に対する失敗かも知れず、あなたは、影におびえているようなもので、だから失敗をおそれずがんがんいけばいいと思うが、けれども、それを真に受けて（以下、二行目に戻る）

## おとなりがうるさい

半年前に勤めていた会社を辞め、専業主婦になりました。悩みはお隣のことです。そのお宅は、娘家族とその両親で住んでいて、皆なぜか、大きな声で、子供たちの声など、私の家にまで響いてきます。休みの日になると、娘の兄弟の子供たちも集まり、大騒ぎです。うるさくて、たまりません。みんなで道路に出て騒いでいるので、よく会うことになり、いちいち、あいさつするのも、わずらわしいです。そのお宅の両親は暇らしく、用も無いのに、道路に出ています。先日、そこの娘が、私のことを近所の人にうわさしているのを見かけ、ますます、いやな思いがしました。せっかく専業主婦の生活をエンジョイしようと思っていたのに、これではたまりません。快適な生活をするには、どうすればいいでしょうか。

（茨城県・主婦、三十四歳）

騒音というものに対する不快の度合いというのは、多分に主観的で数値化されにくいものであり、また、逆の立場で考えた場合、どれくらいの不快を相手に与えているのかがまったく知れぬという特徴もある。例えば、家の中で何気なく空き缶を叩《たた》いてみたところ、次第に興が乗って、ぽこらんぽこらんぽんぽこらんぽんぽこらん、意外に大きな音を出してしまって、思わず首をすくめ、うへっ、隣では喧《やかま》しいと思っているんじゃなかろうかと様子をうかがったが、隣は静まりかえっている。はは。大丈夫だ。と、またぞろ空き缶を叩き出したところ、ますます面白くなってきて、いま少し本格的にいこう、と、そういえばあそこにあったはず、と、なんでそんなものがあるのか知らんが、押入からコンガを引っ張り出してきて、ぼこぼこぼこぼこ、ふげっ。うううっ。ぼこぼこぼっこん、と叩き、またぞろ、しまった。今度こそ怒っているに違いない、と、耳を澄ましたが、相変わらず隣は静まり返っている。なんだ。大丈夫じゃないか。と、またコンガを叩くうち、面白さは極に達し、そういえばあそこに、と物置からドラムセットを引っ張り出してきて、これを組立て、つつたつつつつたつ、どろどろどろどろどろどろばっしゃん、と、ドラム演奏を始めたあなたは、まるでキース・ムーンもしくはジョン・ボーナムのよう、目をつり上げ、髪の毛を振り乱して小一時間ばかりドラムを叩いていたところ、ええ加減にさらせ、あほんだら。という、罵声《ばせい》とともに四噸《トン》トラックが家に突っ込んでくる、いったい誰がこんなことを、と思ってみると、これは運転席に隣人、すなわち、隣人は、実は空き缶の時点でうるさいと思っていたのであって、抗議に来なかったのはただ我慢をしていただけだったのである。なんてなこともこれあることから騒音のその特徴が知れるのであり、だから僕は、あなたはそこいらへんのことを考え、ただ我慢をする、或《ある》いは、抗議をするのではなくして、一度、隣家の人に、どういうことをすればどれくらい喧しいのかを身を以《もっ》て教えてあげればいいと思うな。文面によると、隣家の人が道路に出て騒いでいる、とあるが、あなたは専業主婦生活をエンジョイしたい、とのこと、この道路で騒ぐというのは、意外に面白そうじゃないですか。あなたも隣人を真似て道路で奇声を発し、踊る、ジャンプする。へらへら笑いながら和服姿で餅《もち》を撒《ま》く、なんてなことをやり、隣家の人に、ああ、これくらいのことをやればこれくらいうるさいのだな、ということを理解してもらったらどうでしょうか？

## 彼氏は「世界一」人間

こんにちは。初めまして。

困ったことに、私の彼氏は、自分が世界で一番えらいと思い込んでいます。それで、私が良いと思ったCDや本を薦めようものなら、その「世界一ぶり」を遺憾なく発揮し、ぼろくそにこき下ろされます。

まるで、自分が世界一の文筆家や音楽家であるかのような振る舞いに、私はもうこれ以上、耐えられません。

私の彼氏に、本当はダメな人間であることを悟らせるには、どうしてやればいいでしょうか。

教えてください。

（広島県・会社員、女性二十二歳）

世の中には野次というものがある。野次、すなわち、他人の動作・発言に対するからかいや非難であるが、自分もコンサートなどでしばしば野次《やじ》を浴びることがある。まあ、コンサートの野次に多いのは、「引っ込めバカヤロー」と「かね返せ」で、そんなにバリエーションがないというのは、コンサートの場合、舞台上の音がきわめて大きいため、ともすれば野次もかき消されがちで、気の利いたギャグを云ってもなかなか聞こえず、いきおい単純な野次に終始しがちなのであろうが、これに比して、職業野球の野次はパターンも多く、内容もまた辛辣《しんらつ》なものが多いが、とりわけ特徴的なのは、「なにやっとんじゃあほ。そこは走らなあかんとこやんけ」とか、「なんでここで変化球やねん。ぼけ」といった、かなり突っ込んだ技術的な問題に言及した野次が多い点で、なぜそんなことになるかというと、野次る側はみな自分のことをいっぱしの批評家だと思っているからであろう。

しかしながら実際には彼らはズブの素人なのであって、選手やベンチと真剣に議論をすればその底の浅さは直《す》ぐに知れるのであるが、そうならぬというのは、玄人《くろうと》は素人相手に真剣に議論をしても一文の得にもならぬということを知っていると同時に、彼らが大事な御客様であることをも知っているからで、彼らは心おきなく選手やベンチを罵倒《ばとう》、オーナーになったがごとき気分で、「もう、こいつは要らんな。馘首《くび》、馘首」などと嘯《うそぶ》くことによってストレスを解消しているのであり、つまり彼はその日、球場で一番えらい存在なのである。

つまり、そのものに対しての代価を支払った客というものは、その内容に対していかなる発言も自由でしかも責任を追及されない立場に立つことができるのであり、あなたのカレシもおそらく、右のごとき心理であなたが良いと思ったCDや本をこき下ろしているのでしょうし、また、そこには、作者に対する男性としての嫉妬心《しっとしん》が働いていることが推測されます。

したがってあなたがカレシに自分がその作者より劣っているということを悟って欲しい

のであれば、あなたはカレシを適宜おだて、その作者と同じ立場に立って貰《もら》う、すなわち音楽を演奏する、著述をするなどして貰えばいいでしょう。

あなたのカレは直きにその困難を悟り、世界一発言をやめ、俺は最低の豚野郎だ、と言って暴れだすでしょう。アーメン。

## 娘が勉強しない

私の悩みは高一の娘のことです。勉強大嫌い。友は多く、学校は楽しそうです。でも、成績は悪く、上の下か中の上だった私たちと違い、中の下か下の上といったところ。夫は一流大学を出ており、娘の勉強ができないのは、私のしつけのせいだと言います。

夫は勉強が趣味です。私も何かを調べたり、英語を読んだりするのが好きです。娘は、夫があまり「数学数学」とどなりつけたため、数学の時間になると下痢をしてしまうほど、数学アレルギーで、カウンセリングに通ったこともあります。一応、高校に受かりましたが、夫はできの悪い学校だからどうしようもないと思っています。小学生のときに、転勤で引っ越し、ちょっと自閉的になり、その間勉強どころではなかったことも、影響しているかもしれません。娘には向上心とか、目的を持ってほしいと願っています。

(東京都・自由業、女性四十一歳)

由々しき問題であると言える。学校の成績というものは就職などに大きく影響するのにもかかわらず、それが嫌いだとはなんたるふざけた娘でしょうか。即刻、対策を練る必要があります。しかしその前にはっきりさせておかねばならぬのは、文中の、「上の下か中の上」「中の下か下の上」という表現で、我々はまずこのことから明らかにしていかなければならないでしょう。

まず基本的にあなたが不満に思っているのは、本来であれば、蛙の子は蛙、上の親の子は上、中の親の子は中であるべきなのに、あなたの娘さんは、上の下、中の上、中の中、中の下、下の上、最大で四階級も離れてしまっているという点でしょう。しかしながらものは考えよう、統計はとりよう、馬鹿と鋏《はさみ》は使いよう、上の下の親、下の上の娘と考えると、娘さんが親のレベルにまで到達するのには、四階級特進を果たさねばならぬのですが、中の上の親、中の下の娘と考えた場合、その差はわずか二階級で、努力次第ではなんとかなる隔たりに過ぎないのです。

で、具体的にどうするかですが、子供に限らず人間というものは、他にああしろこうしろと云われると必ず嫌気がさすもので、ましてやそれが数学であった場合、もうとんでもねぇよ、となるのは当然です。また、御主人は勉強が趣味、とありますが、趣味を他に強制されるのは誰だって不快なものです。

ところが人間というものはおかしなもので、やるな、というとやりたくなってしまいます。飲むなと云われると以前に増して飲みたくなる。見るな、と云われるとどうしても見たくなる。けっしてのぞかないでください、と云われて、のぞくと鶴が機織《はたお》りをしていた、なんてなのはこれです。しかし考えてみればこの鶴は本当にのぞいてほしくなかったのでしょうか？　実はもう機織りに飽き飽きしていたのだけれども、やめます、と云うとやめさせたくなくなる人間の本性を鶴は見抜いていたのではないでしょうか？　と云うと、成績も上の下か中の上、しかも一流大学御出身の頭のいいあなたがた御夫婦のこと、みなまで云わなくても即座にぴんときたでしょう。そう。勉強を禁止してしまえばいいのです。学校もやめさせてしまうとより効果的でしょう。さすれば娘さんは親に云われていやいやる勉強ではなくして、真の向学心に目覚めるに違いないと僕は思うな。自由が一番ですよ。

# 物が捨てられません

私はお金には割合、淡泊で、都合さえつけば、人にパッパッとあげてしまうのですが、物となると、物欲が強く、何も捨てられず、困ってしまいます。新聞は面白い記事、スポーツ、特に相撲、探検記、考古学、有名人の訃《ふ》報などをスクラップします。チラシの裏は何か書けるので、捨てられず、贈り物の箱類は何かを入れようとためてしまい、押入満杯、包み紙、ひもは引き出しにいっぱい、古着は縫い直して着ようと行李《こうり》に詰め込み、だんだんと物が増え、私の居場所がなくなりそうです。人にあげるのは好きですが、こんなガラクタ、だれももらってくれません。あの世に持って行けるわけでもなく、捨てられず、どうしたらよいかわかりません。どうか、ご指導くださいませ。（東京都・主婦、八十一歳）

冷蔵庫洗濯機掃除機回転式鼻毛切りミシンパスタマシーン電子レンジコードレス電話各種リモコンエアコンパン焼き機魚焼き機トースターその他。

これらは我々が楽をするために考案された道具・機械である。すなわち、前方《まえかた》であれば盥《たらい》に水を汲《く》み、洗濯板に衣類をごしごしこすりつけるなどして洗濯をしていたのが、洗濯機というものが開発されたおかげで、家庭の主婦はスイッチひとつで洗濯をすることが出来るようになったのである。なんたら便利なことであろうか、わたしは、ブラボウ。ブラボウ。と、立ち上がって拍手を送りたい。が、しかし。

これらの機械道具には共通の特徴、すなわち、その用途・目的がきわめて限定的である、という特徴があるのであり、例えば、通常の雪平鍋《ゆきひらなべ》等であれば、煮魚であろうが、味噌汁《みそしる》であろうが、貝のスープであろうが、随意にこれを拵《こしら》えることが出来るのであるが、これがパスタマシーンであった場合、当然のごとくにパスタを拵えるために特化したマシーンであるから、鰈《かれい》の煮付をするのにはどうも使い勝手が悪いし、また、マシーンなんていわれると気が引けて、心安いお惣菜《そうざい》のようなものはどうも拵えにくいのであって、つまり、一言でいうと、従前からある機械・道具は汎用《はんよう》的、楽のために拵えられたそれらは専用的であるということができるのである。

一見、突飛なように聞こえるかも知らんけど僕はあなたの問題はここにあるような気がするんだ。つまりあなたは、そういう専用の道具を実にしゃらくさいと思っており、例えば、シューマイの空き箱を見るや、はっ、なんだこの箱は。シューマイを入れるためにこういう窪《くぼ》みをつけたわけか？　馬鹿馬鹿しい。その程度で私が喜ぶと思っているのか。安く見るな。私ならここにほらこうして指輪を入れてアクセサリーボックスとして活用するね。どう？　この独創・独自性。なんて瞬間的に思ってしまうのであり、あなたは専用的なものを見るにつけ、つい、他にも用途があるはずだ、と考えてしまう癖があり、その癖ゆえものが捨てられない、もっというと物を転用することにこそ喜びを見いだしている。

僕はあなたは、家の中、若《も》しくは庭などで原始生活、すなわち、最低限の物をのぞいて、文明の利器を一切使わない生活を何年か送ってみるといいと思いますよ。
たまった紙や布などは燃料などにもなるし直きに費消されることでしょう。

## 家事が苦手です

主婦歴十年になります。午後四時半になると、どうきがします。米をとがないといけないからです。私は家事が苦手で大嫌いなのです。「ああ、夕飯の支度をしないといけない」と思うと、条件反射的に息切れ、めまい、冷や汗、吐き気などの症状が出ます。私は本来、まじめな性格なので、責任感から、なんとか、夕飯の支度を終えます。そんなつらい思いをしているのに、子供たちも夫も、あたりまえのようにして食べます。残されでもしたら、ウォーと叫んで、そのあたりを三周半くらい走りたい衝動にかられます。掃除も洗濯もかろうじてこなしているに過ぎません。

私はずっと家庭科が十段階評価の二でした。家事に向かない人間なのです。それでは何に向いているか、というと、何にも向いていません。主婦業に専念するしかない身の上です。気持ちを吐露したくて、ペンをとりました。（福島県・パート主婦、三十八歳）

人の向き不向きというのはこれ、実に難しい問題で、例えば自分がなにに向いてなにに向かないかということを考えてみると、まあ、自分は、あまり仕事をしないで明るいうちから酒を飲む、御婦人とたわむれ遊ぶ、酒落《しゃれ》や冗談を言ってへらへら笑う、など遊興一般に向いており、過酷な労働、真面目な議論、など努力一般に向いていないと言えるが、さらに考えれば、もしかしてこれは自分ばかりではなく、ほとんどの人がそうなのではないか、と想像され、こういうことは向き不向きではなく単なる好き嫌いではないか、とも思うのである。

しかし、自分がなにに向き、なにに向いていないかを知ることよりも、自分がなにが好きでなにが嫌いかを知ることの方が実は重要で、というのは、世間の人は、日頃から幸福になることを念願、神社仏閣に詣《もう》でては賽銭《さいせん》を上げ、幸福を祈念しているが、なにもそんな面倒なことをしなくても幸福になる方法はあるのであって、どうすればいいかというと、実に簡単、自分にとって嫌なことと不快なことをしなければ、人は十分に幸福なのである。

それをば、まあ、これは嫌なことなのだが、やらんと様々な不都合が生じるから、などといって無理をしてやる、なんてな場合が実は多く、いわばそれ自体が不幸であるといえる。

あなたの場合も家事労働に不向き、と思っているから、これ駄目なのであって、僕はあなたは一歩進んで、私は家事が嫌いだ、と宣するべきだと思うな。

しかしそれでは亭主や子供が、という心配もあるだろうし、今度は旦那《だんな》様が、実は俺は会社が嫌いだ。子供が、実は自分は学校が嫌いなのだ、と言い出すのではないかと心配も、そらあるでしょう。しかしながら昔と違っていまは、地方都会を問わず、そこいらで食事が出来るのだし、家庭というものは家族の共生の場所であって、権利や義務を振りかざしてお互いを監視する場所ではありません。

僕はあなたは少なくとも家族に対しては自らの思いを淡々とうち明ければよいと思いますよ。これは僕の意見ですが、だいたいにおいてメシの支度などというものは、大騒ぎするほどのことではなく、たかがメシじゃないか。こんなものは外で食ったっていいし、買ってきてもいいじゃん、と思うのですが。どうでしょうか。

## 人の反感に気づきました

二カ月ほど前に、サークル仲間から、皆の前でやんわりと嫌みを言われ、初めて、自分が多くの人に反感を持たれていることに気づきました。私はよく「かわいいね」と言われましたが、それは「ぶりっこするな」という意味だったのです。「変わっているね」は「あなたは平凡な人だけど、特別に扱われたい人なのね」という嫌みだったのでしょう。

私は、自分が人から嫌われる性格だったことにショックを受けました。好かれなくても、あたりさわりのない存在であろうと思っていたのです。二十歳を過ぎて、こんなに人に嫌われるなんて。私は知らないうちに常識はずれの行動をしているのかもしれません。そして、周囲の人は、あたりさわりのない笑顔を浮かべながら、私のことを不快に思うのでしょう。私には周りのことがよく見えないのかもしれません。どうすれば、理解できるようになるのでしょう。

（茨城県・フリーター、女性二十三歳）

世の中にはいろいろ面倒くさいことがあって自分のようなものぐさな人間はつくづく嫌になることが多いが、とりわけ面倒くさいのが外出前のひげ剃《そ》りである。

しかしながら、ひげを生やしたまま外出、人と面談に及んだ場合、相手が、いったいなんというむさ苦しい人だろう、と思うのは必定で、そういうことにならぬよう面倒なのも自分のために出掛ける訳であるが、ふと考えるのは、このひげ剃り、果たして自分のためにやっているのか、それとも、人のためにやっているのか、ということで、よくよく考えてみれば、服や自動車もそうなのだけれども、ひとたび外に出てしまえば、自分ではそれを見ることは出来ぬのだから、その服や自動車がたいへんに美しかった場合も醜かった場合も、その美醜を感知するのはいずれも自分ではなく他人ということになるのであり、そういう風に考えれば、ひげ剃りは、ひげを生やした見苦しい自分というものは自分で見えぬ訳だから、面談する相手の便宜のためにひげを剃っているということになってしまうのであって、他人のためにこんな面倒くさいことがいちいちやっていられるか、やめよ、やめよ、という議論がでてくるのも当然なのだけれども、それは誤り、なんとなれば、そうしてむさ苦しいままで出て行った場合、むさ苦しい奴、という烙印《らくいん》を押されるのは自分なのであって、だからそうならないためにひげを剃る、というのは妙な理屈と思うかも知らんが、実はこれみなあなたの言ってることなんだ。つまり、むさ苦しい奴と思われたくないからひげを剃る、嫌われないために曖昧《あいまい》な笑顔を終始浮かべる、変わっていると思われないために、異常なまでに普通を装う。つまりあなたにとって他人というものは自分に対する評価の基準でしかないということになってしまうんだな。相手にだって心があるんだぜ。それをメジャー扱いしたんじゃそりゃ嫌われるさ。

善良ということは人にではなく、自分の心に問うもので、だからあなたはもっと自分に自信と責任を持って、例えば服を買う際なども、これはちょっと人になんか言われそうな、なんて考えないで、自分がいいと思った恰好《かっこう》をするなどした方がいいと僕は思うな。

なんつってたら時間がなくなって急いでひげを剃ったところ顔中血まみれになって、しかし時間がないのでそのまま外出面談、相手に妙な顔をされショックを受けました。

## わが家の裏はネコ屋敷

わが家の裏にネコ屋敷があります。その家は八十過ぎの太ったイヤミばあさんと五十過ぎの娘の二人暮らしです。周辺の家は、ネコに庭を荒らされベランダをかけずり回られ、玄関にうんちやおしっこをされ、悪臭がたち込めるうえにハエが飛んでいます。サルモネラ菌がうじゃうじゃするし、発情期の鳴き声もすさまじいのです。ネコの数三十匹以上。その母娘は仕事もせずに、一日中、自分の子供に語りかけるように、独り言を言いながらネコにかまっています。彼らの人生には、ネコしか存在しません。訪れる人もそば屋のおやじぐらい。この家が広い敷地を持っているというのならいいのですが、庭もない平屋でエサは道路に二十四時間置きっぱなしです。だから野良ネコも来ほうだい。区役所の職員に注意してもらっても、聞く耳を持たず、逆に通報したやつをぶっ殺してやると叫んでいます。

（東京都・会社員、女性二十六歳）

問題は二つのグループに分けることができる。

ひとつは猫に直接的に関連する問題で、すなわち猫が、庭を荒らす。ベランダを走る。玄関に糞《ふん》をする。結果、蠅が飛ぶ。サルモネラ菌がうじゃうじゃする。鳴き声がする。野良猫が来る、といった問題であるが、これらはどちらかというと小さな問題で、そもそも猫という小さくて弱い生き物に罪はないのだから、と自らに言い聞かせることで筋違いを耐えることが出来る程度の、こまめな掃除といった努力で解決できる問題で、野良猫の避妊手術を補助している自治体もあるようなので、一度、地域で話し合いを持ってみればよいと思うが、それよりも問題、というか、あなたや、あなたの周りの住人がむかついているのは、その親子の性格でしょう。そら自分は猫を可愛がっておもろいかも知らん。しかしながら、そのことが原因で近隣の者に迷惑を掛けて恬然《てんぜん》としているというのはいったいどういう了見だ。そのうえ、やつらときたら、仕事もしないで、独り言を言い、来客を拒んで蕎麦《そば》屋以外は家に入れず、区役所に通報したわたしをぶっ殺す、と言っているのだ。まったくもって腹たつなあ。もう、ということでしょう。このことは一見、どうでもいいことのようにみえて、しかし厄介な問題で、経験のある人は分かると思うけれども、親子に非を悟らせることはとても難しいのです。

よく、他人の痛みが分かる人間になれ、なんてなことをいいますが、いくら他人が怪我をしても自分はちっとも痛くないのだから、その痛みを分かるのは実に困難だからです。そこで、隣の親子にあなたの痛みを分かって貰《もら》うには、隣の人にも怪我、すなわちあなたと同じ思いをしていただく、具体的には、あなたもなにか動物、それも鯉や犬といったありきたりな動物ではなく、少なくとも猿、事情が許せば、犀《さい》やキリンといった動物を三十四放し飼いにすればいいのです。三十四の猿の襲来を受けバナナをとられたり、眼前で放屁《ほうひ》されるなどの被害をこうむった隣人は、そうか自分もこういうことをしていたのか、と直ちに非を悟るでしょう。

しかし後に残った三十四の猿を一生、世話するのはあなた。猿は猫と違って糞尿《ふんにょう》なども垂れ流しなうえ、なまじ頭がよいだけに、実に手のかかる生きものです。その手間を考えれば、隣人に非を悟らせるのは諦《あきら》めてキリスト様の言葉を思い出して、冒頭に申し上げた穏健な措置を講じるにとどめたほうがよろしいのではないでしょうか。

# 年長者がサボってばかり

職場の人間関係で悩んで、とても憂うつな日々を過ごしています。

私の職場（公立特別養護老人ホーム）の介護職員の平均年齢は五十歳なのです。ちなみに民間は二十代前半が平均です。体力が勝負の仕事なのに、中高年で体力が劣る職員は、仕事をいかにサボるか、休みを多く取るかばかり考えています。肝心の利用者にはつらく当たり、更年期のイライラを利用者や私のような新人、実習生にぶつけます。

質問しても教えてくれないのに、事細かにイヤミを言われ続け、毎日、不安で不安で、どうかなりそうです。自分の弱いのがいけないとは思うのですが、どうか良いアドバイスをください。

（東京都・老人ホーム職員、女性二十七歳）

拙宅に二匹の猫が住み着いている。一匹は男で三歳の若猫。いま一匹は女で、もはや十六歳の老猫である。そもそも老猫がいたところへさして、若猫が後から貰われてきたのであり、この若猫はいわば新参者なのであるが、その割には、というか、その割もなにもない、若猫の行状たるや滅茶苦茶《めちゃくちゃ》で、いったいなにが気に入らぬのか知らんが、突然、わあっ、と駆け出したかと思ったら、壁やカーテンによじ登っては飛び降りる、まったく無意味にその場で一尺も飛び上がる、唐紙に激突して大穴を開けるなど、したい放題をするのだけれども、もっとも許し難いのは、そういうとき、たまたま脇を通りがかった、彼にとっては先輩・先達である老猫に、突然、なんのいわれもなく殴りかかり、虚を衝《つ》かれて立ちすくんだ彼女の腹をば、仰向《あおむ》けになって両の手で抱きかかえ、足で顔面といわず、顎《あご》といわず、滅茶苦茶に蹴《け》りつける、という乱暴狼藉《ろうぜき》を働く、という点で、考えてみればこんな無茶苦茶な話はなく、たかだか猫のことと思うかも知らんが、これを人間に置き換えて考えてみれば、体力の有り余った十八くらいの兄ちゃんが、八十の婆さんに因縁をつけてどつきまわしている、ということになるのであり、よく、無軌道な若者なんてなことを云うが、そこまで無軌道な若者をわたしはかつて見たことがなく、しかし、そういう自由狼藉世界がほかならぬ自宅に顕現しているのであり、まことにもって由々しきこと。事態を憂慮した自分は、若猫が老猫をどつきまわしたら駄目っ、と叱責《しっせき》することによって事態の打開を試みるのである。

ところが事態はいつも思わぬ方へ展開する、すなわち、顔面を蹴られていた老猫は敏《びん》捷《しょう》な動きでこの罠《わな》を逃れ、体勢を立て直すや、若猫に殴りかかり、素早いパンチで完膚なきまでに若猫を叩《たた》きのめし、鼻の頭を殴られた若猫は、ぎゃん、と叫んで敗北・逃亡するのである。

体力に勝る若い者が年長の者に、その体力に任せて闘いを挑むのは、どうにも憚《はばか》られるが、しかし、若い者が勝るのはまさにその点のみであって、知識においても、経験においても、権力・権勢においても、そこはやはり年長の者が勝るのであり、どうせ敗亡するのがわかっているのだから、体力で勝負するのがいいと思います。あまりにも目にあまるようであれば、一度、仰向けになって両の手でおっさんを抱きかかえ、足で顔面といわず顎といわず、滅茶苦茶に蹴りつけてみてはいかがでしょうか。そのことで仕事も進み、ことによると融和への道が開けるのではないでしょうか。

## 彼氏ができません

彼氏がいない歴が自らの年齢と同じ二十八年になります。今まではさほど気にしていなかったのですが、友人が恋愛だ、結婚だと聞くにつれ、急に少し、あせりが出始めました。でも、私は男を見る目がありません。友人がセッティングしてくれた飲み会でも、チャンスがあったにもかかわらず、成就しませんでした。公表したくないのですが、一生続けたい仕事が今、あります。何というか、自分の趣味、興味とは、まったく違った男性に好意を持たれたりするので、また、男性と付き合ったことがないので、この人と話が続くのだろうか、と不安になってしまいます。あえて、夜な夜な異性を求めて出歩くたちではなく、しかし、心の通じる彼氏もしくは異性の友人がほしいと思う次第で、どうしたらよいのか、と筆をとりました。

（千葉県・アルバイト、女性二十八歳）

縁は異なもの味なもの、なんてなことをいうが考えてみれば実にその通りで、例えば色事なんつって、たまたま隣り合って座ったのがきっかけで、お、ええやん。あら、素敵。なんつって、男女は深い仲となり、やがて子をなし孫をなす、なんてなことになったりすることがこれあるというのは、縁というものの不思議なもんですなあ、などと桂文枝《かつらぶんし》の口調で云ったところで、相手が桂文枝を知らぬのでは面白くもなんともないので願わくば、そういう桂文枝とかに詳しい人と交際をしたいなあ、と思って夜な夜な町を歩いても、そう簡単にみつからず、結句、ひとり寂しく噺家《はなしか》の物真似をする日々、というのは寂しい。

ふたり人がいて、私はパンが食いたい。私は焼きそばが食いたい。と意見が分かれた。金がなくその両方を買うことは出来ない。ふたりは互いに譲らず、パンと焼きそばのどちらが優れているかについてえんえんと議論、しかしそんな馬鹿げた議論が成就するわけがない。ついにふたりは決裂、やはり私はパンが好きな人をパートナーとしたい、と、夜な夜なパン好きを求めて出歩き、とあるベーカリーの前でパン好きの人と出会い、深い仲となって、さあ、思う存分ふたりでパンを食べようとして、また議論、一方は堅い棒状のパン。ことここに到って一方は三日月形のパンが好きだ、ということが判明したのである。ふたりは互いに譲らず、堅い棒状のパンと三日月形のパンのどちらが優れているかについてえんえんと議論、またぞろ決裂をしたのであった。

と、このようなことが現実にあまりないのは、人が出会う際、大抵の場合、そこまで微細な諸条件にこだわらないから、というより、相手のことを殆《ほとん》どなにも知らぬまま、漠然とした好意に基づいて交際を始めるからであって、だからこそ、そのあと喧嘩《けんか》もするのだし、発見もするのであり、場合によってはすぐに別れてしまうかも知らんし、ともに白髪の生えるまで、なんつって末長く一緒に暮らすこともあるのであるが、あなたの場合、相手を自らの拵《こしら》えた型枠のごときにいちいちはめてみて、ううむ、すこし大きい、小さい、などと思っているのじゃないかな。人間の関係というものはもっと滅茶苦茶で曖昧《あいまい》で、傷つくことがあるから楽しいこともあるのだ、くらいに思っていた方が友達やパートナーに恵まれると思うよ。心を開いて夜な夜なワイルドサイドを歩きまわろう！

## 世渡り上手な人

もう十五年も前に、社宅で、この人とならずっと付き合って行けると思える人と出会い、良き隣人に恵まれたと感謝して、一年ほど仲良く過ごしました。ところが、ある日突然、手の平を返したような仕打ちを受け、人間不信に陥りました。夢にまで見て「一体、私が何をしたの」と泣いている始末。自分のお人好《よ》し、人を見る目のなさ、世間知らずを思い知りました。転勤で離れ、どんなに救われ、生き返ったか。でも、最近、そこのご主人の出世を知り、やっぱり、世渡り上手な抜け目のない人だったんだと、忘れていた感情がフツフツとわいてきました。よそ様をうらんだり、不幸を願ったりするのは、品性下劣だとわかっていても、あの人は、人を平気で傷つけ、笑いながら過ごしているかと思うと、心の底から許せない。自分の執念深さに自己嫌悪も感じるのですが。

（東京都・主婦、五十歳）

嫌な奴憎たらしい奴が好き放題なことをして、善人を踏みつけ虐げて、なんら恥じることなく、いかにして甘い汁、利権を今後も貪《むさぼ》るかについて談合、それも、美人を侍《はべ》らせ酒を飲みつつ、へらへら笑って、そんなさまをまざまざと見せつけられた庶民はどう思うだろうか？　怒るにきまっている。なんちゅうことをしてくれるのだ、まったくもってこの世に正義はないのか？　神も仏もないのか？　と怒鳴る。しかし彼は無力な傍観者、なにひとつ手出しできず、ただ虚《むな》しく、じりじりしながら成り行きを見守るばかりである。しかし心配は無用。最後には、人情味のある十手持ちの親分、正義感に溢《あふ》れた八丁堀同心、甚だしい場合に到っては、前中納言《さきの》徳川光圀《みつくに》公や征夷《せいい》大将軍徳川吉宗《よしむね》公などが直接に出張《でば》ってきて、悪人どもをさんざんに懲らしめてくれるのである、と、これはしかし、残念ながらテレビジョン画面のなかの出来事であって、現実にはそううまくいかず、必ずしも善が栄え悪が滅びるのではなく、その逆も往々にして見受けられると云うのが実状である。当然、それは見ていて腹の立つことだし、しかも滅びる善が自分のことであったりしたらその怒りに辛《つら》さ惨めさ情けなさ口惜しさなども加わってフライパンの上で炒《いた》められるような気分になるのは無理のないところでしょう。具体的な記述がないので、社宅の隣人の「手の平を返したような仕打ち」というのが、どういうことかわかりませんが、とにかく悪なのでしょう。そしていったんは忘却していた怒りがその隣人の出世を知って蘇《よみがえ》ったというのですね。なるほど、わかりました。あなたは無茶を言っています。隣人を出世させたのは誰でしょうか？　会社です。そして会社というところは善をなすところではないのです。企業活動が結果的に善をなす場合もそれはときにあるかも知れませんが、会社は利潤を追求しているのです。利潤を追求する人というのは時代劇においては大体悪人と相場が決まっており、もっと悪い人と結託して善人を苛《いじ》めるのであって、その会社が隣人に手の平を返したような仕打ちをした人を出世させるのはあたりまえのことです。つまりあなたは善悪と損得を混同して考えるから混乱するのであって、そこは価値を逆転させ、悪いから出世をするのだ、出世なんかしたら人間はおしまいだ破滅だくらいに思って、後は神に祈るか、テレビ時代劇をみてストレス解消に努めたらどうですか。

## コミュニケーションが苦手です

私は人とコミュニケーションをとるのが苦手で、よく悪口を言われてしまいます。家族とはうまくいくのですが、それ以外の人と接するのが苦手です。友人も少なく、彼氏もいません。仕事を覚えるのも遅く、コミュニケーション下手のため、転職を何回も繰り返しています。

これから、一人で上手に生きて行けるのかどうか、心配です。どうか、よいアドバイスをお願いします。

(茨城県・家事手伝い、女性二十六歳)

四人で座談をしていたとする。ひとりの人は弁が立つというか、声が大きいというか、しきりに自説を言いたてて、他の三人を圧倒、なかでも、コミュニケーション下手のある人などは、一度も発言の機会のないまま座談が終了、割り勘でコーヒー代を支払ってしょんぼりと家に帰ったのであった。

なんてなことは世間によくあるが、かくいうわたし自身もコミュニケーションが苦手で、例えば、相手に意見を求められ、では、と自分の考えを述べようとしても、述べる前に、いま俺がこう云った場合、相手はそれをこう曲解せぬだろうか。しかしこう云った場合、また別の曲解をせぬという保証はどこにもなく、というより相手は最初から俺なんかと深く話し合うつもりはなく、ただお義理で、あなたはどう思います、と聞いただけであって、つまりは京の茶漬け、それに対して真剣に意見など述べた場合、はは野暮《やぼ》な奴だ、と馬鹿にされるに違いなく、それはいかにもつらい。ううむ。どうしよう。どうしよう。と懊悩《おうのう》の挙げ句、黙ってにやにや笑っている、と、ポテトをMサイズかSサイズのどちらにするか？　と訊《き》いただけなのに、不気味な笑みを浮かべて脂汗を流している私に、不気味な奴、という烙印《らくいん》を押し、かくしてコミュニケーションは不成立に終わるのである。

まあ自意識過剰の阿呆《あほう》であるといえるが、しかしじゃあ翻って、冒頭に申し上げた、どんなときでも自説をまくしたてて恬然《てんぜん》としていられる人というのがコミュニケーションが上手かというと、けっしてそんなことはないと私は思う。なんとなれば、ちょっとそこのパンとって、と云って、へえ、これでっか、おおきにありがとと。となれば、これはコミュニケーションが成立したことになるが、冒頭の人の場合、なぜ君が僕にパンを渡すべきか、という演説をしているだけだからである。つまり相手の云うことを聞く能力もこれ重要なのであって、僕はあなたは、自分では、自分の意見を相手に述べる能力に欠けると思っているのかも知れないけれど、それよりもむしろ、その相手の話を聞く能力に欠けているのではないかな、と思うのだけれども、どうだろうか。自分はコミュニケーションが下手で、と思うより前に、他人の話をよくよく聞き、その意味するところの理解にこれ努めれば、仕事だって直きに覚えられるようになると思いますよ。

## やりたいことがありません

私の悩みは、何もやりたいことがないことです。大学を卒業して、二年半たちますが、在学中はこれといって就きたい職業も見つからなかったので、就職活動もしませんでした。しばらくフリーター生活をしたものの、どれも長続きせず、四月に専門学校に入ったのですが、一学期で退学してしまいました。どうにも、こらえ性がなく、飽きっぽい性格なので、興味を持ったことも、すぐ嫌気がさしてしまうのです。

今は家でブラブラしながら、今後のことを考える毎日です。このままでは、両親に負担をかける一方です。甘えがあるとは思うのですが、どうにも、何もする気がしないのです。町田さん、アドバイスをお願いします。

（神奈川県・フリーター、女性二十七歳）

なにをやっても直きにその底が見えたような心持ちになって、馬鹿馬鹿しい、こんなことをやったってなんにもならぬ。酒を飲んで寝ているにしくはない、などと嘯《うそぶ》くばかりで、ただぶらぶらして一生を終えるというのは実に虚しいこと、なんとかせねばなりませんでしょうなあ、と、思うことは思うが、その前に若干、整理をしておかなければならんことがあるように思います。

というのは、仰《おつしや》る、やりたいことの、こと、の部分の問題なのですが、広い意味で、こと、ととれば、あなたとて、やりたいことはあるのではないでしょうか？　散財旅行に出掛けて、プールサイドで飲み物を注文する、珍しい旨《うま》いものを貪《むさぼ》り食らう。贔屓《ひいき》の音楽家のコンサートに出掛けていく。気に入った服や靴を百万がとこ買う。暴れる。喚《わめ》く、といった。

極端に云えば現在の状況、すなわち、家でぶらぶらしているということ自体ももしかしたらあなたのやりたいことかも知らんということです。

しかし、あなたの場合、このままではいかんという焦燥もあるようで、つまり、この場合の、やりたいことというのは、右に云ったようなことではなく、長期的に生計を維持する、ひらたく云えば食っていくための、職業、を指しているのだと思われ、このところを整理して考えれば答えは自《おの》ずと明らかになるのであり、申し上げますれば、およそ世の中に、やりたいことをやって飯を食っている人などはいません。やりたいことは金を遣ってやるからこそ面白いのであって、やりたいことをやって金が儲《もう》かってしまえば、それはもはや仕事なのであり、その瞬間、そのことはやりたくないことに変ずるのです。

つまり、やりたいことをやるためにはやりたくないことをやらねばならぬのであり、例えば一見、気楽そうに見える歌うたいなども、疑わしそうな視線のブッキング担当者やプロデューサーに自分の歌はいかに素晴らしく、いかに多くのお客を満足させるか、を先《ま》ず、説明しなくてはならぬのです。

この世の中はやりたいことだけをやって食っていけるようにデザインされていません。まったくいまいましいことですが、少なくとも現状はそういう状態で、そのことを踏まえ自らの適性をよく知って職を探せば、意外にもやりがいのある適職に出合えるのではないでしょうか。

# 上司の贔屓がひどい

上司のことで悩んでいます。

会社や仲間は好きなのですが、一人のために、会社がいやでたまりません。この上司、贔屓《ひいき》がひどく、会社中の人が知っていますが、立場を利用して、やりたい放題です。自分が気に入っている人に対しては、誤ったことをやっても、見て見ぬふり。それどころか、反対に、「違う」という人を脅します。

本社は東京なのですが、本社の人はこの上司に任せっきりなので、この上司の思うがままです。

どうかよいアドバイスをください。

（山形県・会社員、女性三十八歳）

まったくもってなんという上司でしょうか。そもそも上司というものは、上役ともいい、部下・下役に指図を下し、部署全体を統括・管理して、少しでも業績が上がるように努力をせんければならぬというのに、あなたの上司ときたら、立場を利用して贔屓をしているというのだから話にならない。

大体において贔屓をするということがよろしくない。戦《いくさ》でもなんでもそうだが、上司が公平でなければ部下は決して奮起しないのであり、これを称して信賞必罰、すなわち、功績のあった者には褒美を与え、失敗をした者はこれを罰せねばならぬというのであるが、しかるにあなたの上司はその逆をやっているのであって、あなたが会社を嫌になるのも無理はありません。

　じゃあ、ひるがえってあなたの上司はなぜそういう人の嫌がることをするのでしょうか？　それはおそらく、自らにとって会社を楽しく嬉《うれ》しい場所にしたいからでしょう。というのはこういうことです。贔屓をするくらいだから上司はその人たちを気に入っている、まあ、好きな人々です。その好きな人たちは贔屓をされて嬉しいので感謝とこれからも贔屓をしてくださいという意味を込めて上司をちやほやする。と、上司は好きな人にちやほやされてますます嬉しいのでますます贔屓をする。贔屓をされた人々はますますちやほやする、といった具合に、上司にとって会社は好きな人にちやほやされる楽園、自らがひたすら慰撫《いぶ》・慰安される場所なのです。

　じゃあ、あなたはこのまま嫌な思いをし続けなければならないのでしょうか？

　いいえ、そんなことはありません。方法はあります。すなわち、上司にとっての理想の楽園である会社を、そうでなくしてしまえばよく、会社という楽園の崩壊を悟った彼は、別の局面に楽園を拵《こしら》えようとするに違いありません。具体的には、こういう男は、ちょっとした気鬱《きうつ》なことに極めて弱いので、あなたは彼の顔を見る度に、耳元で、ネガティブな気の滅入《めい》るようなこと、つまり、また業績が下がった。失業率が上がった。このところ巷《ちまた》では陰惨な事件が多い。今日は雨でじとじとして不快指数が極めて高い。明日は仏滅だ。ほら、この週刊誌の星占いによるとあなたは今日は最悪の運勢で荷車に轢《ひ》かれる可能性がある、などと言い続け、溜息《ためいき》を日に百回ついて、ひまさえあればタイガーマスクのエンディングテーマ「みなし児のバラード」を歌うなどすれば、上司は嫌になって、会社を辞めるかも知れませんぞ。

## 怠け癖が直りません

今年の四月から、土、日だけ予備校へ通っていますが、早速、通うのがいやになってしまいました。親に「予備校をやめる」と言って、もめました。

志望校の変更で今の予備校へ通う意味がなくなってしまったというのが主な理由ですが、それは子供のころから怠け癖が強い私の「予備校通いめんどうくさい」ということのいいわけに過ぎないのかもしれません。そして、予備校をやめて新しい志望校をめざしても、また、同じことの繰り返しのような気もします。大体、自分は昔から努力がきらいで、何一つまじめにやり遂げたことがありません。また、飽きっぽい性格でもあります。

大学受験は自分にとって、意味のないことのような気もしますが、他にすべきことが見つかりません。それに、いくら怠け好きでも、日々、寝ころがっているわけにもいきません。

(神奈川県・予備校生、女性十九歳)

人間というものは因果なもので、頭ではこんなことではいかんとわかっていても、つい楽な方楽な方へと流される、というのは例えば、むかしのユダヤの人なんかも、仲間内の優れた人が再三再四、おまえらそんなことしとったらあかんど、と警告を発しているのにもかかわらず、偶像を崇拝して享楽的な生活を送ったため、後でどえらい目に遭うなどしたのであって、あなたの場合も御多分にもれず、ずるずると怠惰な生活をしているようで、そんなことでは、ただでさえ就職難といわれている昨今、たとえ大学を卒業したところで自分にあった適当な職に巡りあうこともなく、一生下積みの生活を送り、やがては公的年金制度の破綻《はたん》も危惧《きぐ》される将来、孤独で悲惨な老後を迎えるというのは必定で、実際、どうにかなんとかせねばならぬのでしょう。しかしながら、そういうことがすべて克明にわかっていてなお怠けてしまうのが人間なのであり、歴史に残る偉い人が口をきわめて怠けてはいかんよ、と云ったのにもかかわらず人は怠惰・安逸に流れたのであって、いまさら私ごときがなにを云っても無駄であり、あなたはそのまま怠け続け、よろしく人生をしくじる、ということになるのであるが、しかし、それではあんまりなので、今日ここに秘伝を授けますので、よく聞いてください。

あなたはそのまま怠け続ければいいと思います。ただし、目的を持って怠けてください、すなわち、真剣に怠ける努力をして怠けるのです。ときには自らの予備校生という立場に鑑《かんが》み、少しくらいは勉強をしよう、などといったふざけた了見を抱いてしまうこともあるでしょうが、そこが我慢のしどころで歯を食いしばって怠けてください。

また、ただだらだら怠けているのも非生産的だ、アルバイトのひとつもしようか知らん、なんて因業なことを考えることもあるでしょうが、けっしてそういう馬鹿げたことはしないでください。また、そうして怠けていると歌を作ったり、詩を書いたりといった自己表現をしたくなるかも知れませんが、そういうことも禁止です。ただ、ひたすら怠けに怠ける、といったことを、そう、三月ほど続けてご覧なさい。さすれば、元来、怠け者で、しかも飽きっぽい性格のあなたは怠けることを怠けたくなり、猛然と勉強を始めることでしょう。とにかくいまは努力して怠けることが肝要かと存じます。

## お節介で損ばかり

私はとても、お節介な人間です。

友人の心配事についつい我を忘れて、真剣になってしまうのです。

そんな性格は損だし、もう人とかかわり合うのはやめようと思うのですが、気がつくと身も心もボロボロです。

来てよかった、話してスッキリしたなどと言われると、つい嬉しくなって、頑張ってしまう。

もっと、自分を大事にして、クールに生きたいのですが。

どうしたら、距離を持つことができるでしょうか？


(栃木県・主婦、三十六歳)


酒を飲んでいて、ひとりの人間が先に酔っぱらってしまい、我を忘れて、だらあ、などと喚《わめ》きだした場合、周囲の人間はちっとも酔えず、もっぱらその先に酔っぱらってしまった人の世話をする破目になる、なんてなことがよくありますが、あなたの場合、これによく似ている。

すなわちあなたの周囲の人というものは、べろべろに酔っぱらっている人と同様の問題を始終、起こしていて、あなたは常にその処理に追われているというわけです。

まったくつまらぬ人生です。なんとかせんといかんでしょう。まず原因から特定していきましょう。思うに、作用／反作用、あなたは極めてバランス感覚に恵まれた人で、周囲のものが酔えば酔うほど、集団の酔い率、しらふ率を一定に保とうとし、ますますしらふになっていく、すなわち、周囲のものが、あまりにも頼りないものだから、自分が頼りになる人間であらねばならぬ、と内心で思っているのであり、あなたは、感謝されるとつい嬉《うれ》しくなって、と言っていますが、実は感謝されて嬉しいのではなくして、周囲の関係のなかで頼りない人間と頼りがいのある人間のバランスがとれたことに満足を覚えているのです。

したがってあなたの場合、このバランス感覚を破砕してしまえばいいのであって、そのためにはあなたがおそれてやまないバランスを失した状態を自ら創出してみてはいかがだろう。

いわゆるところのショック療法でござあすな。

具体的には、いつものように相談に来たものに対して、より深刻な相談をして相手をパニック状態に陥らせた挙げ句、強引に酒席に誘い、麦酒《ビール》六本酒一升を飲んで泥酔者と化し、飲み屋のカウンターや熊手《くまで》を破壊、警察などもやってきて近隣社会は大騒動となり果て、友人は相談どころではなくなる、といったようなことをやってはどうでしょうか？

それはそれで楽しいというか、世の中というものは恒常的に均衡のとれているものではなく、むしろ滅茶苦茶《めちゃくちゃ》に危ういバランスのうえに成り立っているものでいつ崩壊してもおかしくないということが体得でき、自分一人が頑張ってどうなるものでもない、というクール、或《ある》いは虚無的な感情に(みなが相手にしなくなってしまうことも相俟《あいま》って)なりうることでしょう。

## 嫁に追い出されました

夫の死後五、六年たって、息子から同居の誘いを受けました。嫁も同意しているのか確かめたうえで、狭い団地の一室に収まりました。

捨てたくないものも捨て、おとなしくして、子供に迷惑をかけないで余生を生きようと身を縮めるようにして、引っ越しました。

ところが、三カ月ぐらいたったところ、嫁の母親が遺産が不足していると責めに現れました。「カネ、カネ」と言い立てるのにあきれて、嫁と共謀して私を追い出しにきたとわかりました。

やっぱり、同居は無理とあきらめ、アパートで独り暮らしを始めました。

年のことだけでなく、生活費の問題が深刻です。

収入は遺族年金のみなのに、家賃がかかり、貯金を崩すしかありません。何の良いこともなく、住み慣れた土地を離れ、涙あるのみです。

（千葉県・無職、女性七十四歳）

年をとってから環境が変わるのは耐え難いものなのに、結果的に、何度も、それも短い期間で環境を変えざるを得なかったというのは、とてもお辛《つら》いことだったでしょう。お察し申し上げます。

　またお話を伺えば伺うほど極悪な嫁で、つまり、嫁は、あなたには亡くなった御主人様の相当の遺産がある、同居と交換条件に、その遺産をそっくりいただこう、と、こう思っていた、ところが、強欲な嫁は捕《と》らぬ狸の皮算用で、あなたの遺産が莫大《ばくだい》なものと思いこんでいたため、当てが外れたと落胆、さあそうなると、なんだか同居も損なような気になって、あなたを追い出したのでしょう。

　まったくもって極悪このうえなく、もし私が桃太郎侍だったら今頃は、面をかむってその団地まで走ってって舞いをひとさし舞ってから嫁をたたき斬っているでしょう。

　しかしながら、冷静に考えてみれば、お嫁さんも人間、人間というものは一見したところ完成された動物のようですが、その内実はまだまだ完成・洗練されているとは言い難く、いろいろなものに狂わされやすいという弱点があって、その代表的なものは、昔からいうように色と欲。つまりお嫁さんは、金に執着のあまり、人間としてのデザインがたまたま狂ってしまったのであり、そもそもの極悪ではないのでしょう。

　と、そうはいうものの、やはり生活費の問題というのは、これあるのであって、御相談の趣旨であるそこをなんとかせねばなりませんが、現状、嫁が金で狂っているのであれば、この場合、やはり息子の奮起に期待するしかないでしょう。

　そもそもの原因というか、最初に同居を持ちかけたのは息子さんなのだし、いま、出ている赤字は息子さんが補塡《ほてん》すべきだ、というのは誰に訊《き》いても同じ意見であろうと思われます。

あるいは妻の影響で息子さんも金で気をおかしくしているのでしょうか？

その場合は少しく厄介かも知れませんが、お医者にかかるのだと思って、信用のおける専門家に相談をしたうえで、今後の人生を楽しむことを優先的に考えればどうでしょうか。

## 自意識過剰で困っています

自意識が過剰で、独り言の多い自分にホトホト困っています。

たとえば、「たばこ吸ってみようかな」と思っても、吸いはじめの恰好《かっこう》つかなさが気になったり、意気地なしと叱責《しっせき》する声がしたり、やめとけば、と冷ややかな自分がいたり。

また、化粧した後、「おッ、今日はなかなかじゃん」と思っても、外へ出てきれいな人を見た途端に「やっぱりホラ」というツッコミや、「でも、顔より心意気とゆーか」と開き直ったり、「そういう発想がブス顔を作るのじゃ」と老人風につぶやいてみたりしてしまいます。

人の目を気にする、もう一人の自分に翻弄《ほんろう》されて、とにかく疲れてしまいます。現在、実家、女子、不況なのをいいことに、無職なのですが、こんな私は何をして働けばいいでしょう?

（神奈川県・無職、女性二十三歳）

むかし、B&Bという漫才を見ていたところ、なにか阿呆《あほう》なことを言った才蔵が、太夫《たゆう》に「おまえはいったいなにを考えてんねん」と尋ねられ、「いろんなこと」と切り返す部分があって、僕はこれをいたく気に入り、爾来《じらい》、余人に、おまえいったいなにを考えているのだ、と詰《なじ》られた場合は、必ず、いろんなこと、と答えるようにしてきたが、しかし、現実と漫才は違う。僕は様々の局面で、叱られる、殴られる、呆《あき》れられるなどしてきた。

　とはいうものの、これはあながちふざけた議論とも言い切れず、自分の頭のなかの考えを辿《たど》ってみると、ほんの一瞬の間にもそれはもう実にいろんなことを考えているのであって、例えば、うーん、今日中にあと、三千万、用意せんと倒産、弱っちまったなあ、どうも、と、くわっ信号、赤やんか、青やったらすっと行けたのに赤か、参ったなあ、三千万、ランチパスタ、て、あれそやけど、ちょっと量が、少のなったなあ、葉っぱ。もう落葉ちゅうか、秋か。秋風が吹いて、三千万か。マルユーコエタラワリシンカ。といったようなことを人間は、〇コンマ〇一秒くらいの間に考えているのである。

　しかし、こうして頭で思ったことをそのまま口にすることは先《ま》ずなく、なんとなれば、一に、なにを言いたいのか相手にわからないからで、二に、そのまま、「あ、この人、禿《はげ》や」などといった場合、相手が怒ってしまうからで、人間の頭には思ったことをそのまま言わぬための箍《たが》のようなものが装着してあるのであり、ときおり路傍に立ちつくし、訳の分からぬことを呟《つぶや》いている人というのは、この箍の外れた人なのである。

　したがってあなたの場合、自意識過剰はなく、少しばかりその箍がゆるんで、思いの飛《ひ》沫《まつ》がときにこぼれ落ちるだけであって、妙でも変でもなく、誰でも思うことを思っているだけで、まあ、あるとすれば、それが独語であるので、その独語が自らにフィードバックして意識がループしてしまうことに問題があるのでしょう。友人などに普段から思ったことを軽く云うということがあなたは、やや少ないので思いを会話にして流してしまいましょう。そのためには、友人などとの無駄な世間話をすることをおすすめします。腹減った。パン買いに行こ。どうせまずいけど。たは。

## 買う物にこだわる夫

夫の買い物に対するこだわりが理解できません。

はじめは通勤用自転車でした。どうしても、ＭＴＢ車がいいと言って譲らず、スタンド、泥よけ、ライトすべてオプションです。ライトは電池がすぐ切れるし、挙げ句にはずされて盗まれました。荷台も前かごもなく、買い物には使えません。どうして、ママチャリではいけないのか。

自転車はまだ許せます。次は自分用の車。マニュアル車、二人乗り、コンバーチブルカーです。二人の子供を同時送迎できないし、マニュアル車は私が運転できないし、おまけに、屋根の幌《ほろ》から雨漏りして、家族中の不評を買っています。

さらに、その車がエンジントラブルで修理が必要となり、ヘソクリを解約してでもなおすのだと言い張っています。いくらヘソクリでも、三十五万円はあんまりだと思うのです。

（茨城県・パートタイマー、女性四十歳）

これは一般にあまり知られていないことなのだけれども、いったい人間がなんのために生きているかというと、ものを買うために生きているのであって、ものを買うのをやめたとき人間という生き物は死んでしまう。

それが証拠に人間は一日たりとも買い物をせぬ日はなく、いや、んなことはない、昨日は自分は家にいてなにも買わなかった、という人だって、電気ガス水道新聞行政サービスと実にもう様々なものを買っているのである。

つまりだから人間は、それが欲しい・必要だ、という動機に則《のっと》ってものを買っているように思われがちだが本当はそうではなく、動機や理由は後で無理矢理でっち上げたものなのであって、例えば、さんまを買ったとしても、それは栄養補給という観点から考えれば、別段、さんまである必要はなく、ししゃもでもいいし、極論をいうとかしわ肉でもよかったはずなのだが、秋だからとか安かったからとか鮮度がよさそうだったから、といろいろ理由をつけ、さんまを買ったことを自らに弁解するのである。

そしてこの理由づけが困難であればあるほど買い物はスリリングで面白く、だからこそ人は高級ブランド品や真贋《しんがん》の明らかでない絵や壺《つぼ》を買ったりする。

あなたの御主人の場合も同様で、なにかを買いたいと思い気持ちがむらむらと高まって、自転車と自動車を購入したまではいいが、買おうとした際ふと、スリルとロマンを求める気持ちもまた高まった、すなわち、人員や貨物を運搬するという説明のなりたたぬ、MTBや屋根のない車の方が買い物それ自体として面白い、と思ったのでしょう。

僕はあなたの御主人は実に誠実な人だと思います。世の中にはもっと刺激的な、まったく意味のない買い物がたくさんあるというのに、一応、家族のことを考えて、自転車、自動車という実用性のあるものの範疇《はんちゅう》にロマンを押しとどめているからです。

無理にこれを禁じた場合、よりおかしげなロマンに走る可能性もあり、そうすると三十五万どころでは済まぬ可能性もあります。現状でよしとしてはいかがでしょうか。

## Hもののはんらん

世の中、Hもの、いやらしいものがはんらんし過ぎているのではないでしょうか。少しは慎みを持たぬか、女ども。それをけしかけている男ども。

小学生の子供を持つ親としては、こういうものは、なるべく見せたくありません。芸術とか、表現の自由とか、言う前に、もう少し、何かあるのでは、と思っています。康さんも、野郎ですので、この問題は却下ですか？（神奈川県・自営業、女性四十二歳）

確かに仰《おっしゃ》るとおりで、往来を歩けば、風俗店の絵入り看板、女性が催春的なポーズをとって微笑んでいるポスター・看板、猥褻《わいせつ》な文言など、いたるところにエロエロな表現が溢《あふ》れている。

こういうことは実によろしくなく、というのはあまり幼《いと》けなき頃から、かかる写真や絵を見て育ったら、そのうち変態性欲になってしまうのではないか、と親御さんは心配であろうし、また、異性であればこれらエロチックな表現物を好色・好奇の目でもってにやにや笑いながら見つめつつ、通り過ぎるかも知らんが同性にとっては不快な表現であるかも知らんからで、米国やなんかだとこういうことはよろしくないのでひとつ規制をしてしまおうじゃあーりませんか。ということになって、本当に規制をしてしまうのであるが、それがよろしくない。

　というのは、人間というものは奇態な生き物で、たとえそれが実につまらぬ、取るに足らぬものでも、禁止といわれた途端、急に、それらつまらぬものが非常に面白くなってしまうのであって、また、たとえ打首獄門になるのがわかっていても面白いことは止められないのも人間なので、結句、同じことというか、事態はより悪化するのである。

　となると、だめじゃん。といいたくなるのは分かるがだめじゃない。というのは、あなたは世の中にHなもの、いやらしいものが氾濫《はんらん》し過ぎている、と云い、僕もそれに同意するようなことを云ったが、実は世の中に猥褻な表現はちっとも氾濫しておらず、例えば往来には、右に申し上げたような、猥褻物も確かにあるが、それ以外の、街路樹通行人自動車自転車三輪車饅頭《まんじゅう》雲アスファルト噴水煙草の吸い殻得体の知れぬオブジェ中央分離帯たこ焼き鯛焼き旗パン花壇など、それはもう実にたくさんのものがあるのであり、これらたくさんのものに比べれば猥褻物は実に少ないのである。

　ではなぜ猥褻物が目につくのかというと、人間の視線には強い指向性があって、その人が強くあるものを意識すれば他のものはノイズとして処理してしまうからで、つまりあなたの場合、世の中の猥褻物が気になってしょうがないのであれば、意識してそれ以外のなにか、例えば犬と壺とかなんでもかまいません、に注意を向けるようにすれば、世の中には犬と壺が氾濫しているなあ。いたるところが犬と壺ばかりだ、と思えるようになるでしょう。

## 美人なのにふられる

私は最近、付き合っていた彼にふられました。自分ではラブラブだと思っていたのに、他に好きな人ができた、ということでした。でも、彼は別れを告げる直前のデートで、「君は本当に美人だねえ」などと私に言っていたのです。素直に嬉《うれ》しかったのですが……。

今の彼女と比べていたのでしょうか。でも、なぜ、ふろうとしている女にそんなことを言うのでしょう。実は以前にも、付き合っていた彼から「おれはいろんな美人を見たけれど、おまえも本当に美人だな」と言われたすぐ後に、ふられたことがあるんです。自分で言うのは何ですが、人によく「きれいだ」とほめられますが、自分ではそんなに意識していません。きれい、と言われてふられる私は一体、何なんでしょう。どうして、男性は別れぎわに、そんなことを言うのでしょうか。あほらしいと思われる質問ですいません。でも真剣です。

(東京都・イラストレーター、女性二十七歳)

色は指南のほか。なんてなことが言ってあるように、他人の色恋のことは自分にはよくわからぬのですが、あほらしいとは思いません。原因をひとつひとつ追及していきましょう。

いろいろ考えられますが、美人であるのにふられる、という点には一般的には、なんの疑問もありません。人間は壺や絵画ではないので、いくら美しくても、その性格が極悪であれば、最初は、きれいだ、と思って近づいてきた男性も、それがわかるにつれ、おそれをなして遠ざかっていくのは当然でしょう。ということは、ここでやはり疑問だ、謎だと思えるのは、そうして、美しい、美人だ、と云った「直後」に男性が去っていく、という点でしょう。

なぜ、男性はそう云って去っていくのでしょうか？　なぜふろうとしている女性にそんなことを云うのでしょうか？　ひとつには、その時点で彼にはもう別の情人がいて、あなたと別れることを決めており、後ろめたさ・罪悪感からつい、心にもないお世辞をいい、しこうして後、予定通り去っていく、ということが考えられます。もしあなたが客観的に見て大して美人でない場合はこのケースである可能性が大で、向後、あなたは男性が、美人だ、美しい、と云い出した場合、これは脇に女がいるのだな、と考え、しかるべき対策を講じることが出来るでしょう。

次に考えられるのは、あなたが実際に美人だった場合です。文面から拝察するに、あなたは自らの容姿に関しても質問内容に対しても謙虚なことから、冒頭に申し上げたような極悪な女性ではないと思われますが、そこは人間、褒められるとつい驕《おご》り高ぶりの気持が生じるのではないのでしょうか。才能のある芸術家やなんかが高い評価を得た場合など、慢心のあまり狂気したようになり、誰にも相手にされなくなって、悲惨な老後を送る、といったケースもあるくらいで、人間の慢心というものはおそろしいものです。

あなたは普段は謙虚な人間であるからこそ、美人だと云われた途端、知らず知らずのうちに驕慢《きょうまん》な人間になり果て、男性は幻滅を感じて去っていくのです。向後は、最初から自分は美人だと思いこみ、ことあるごとに自分は美人だと声高に喧伝《けんでん》、ことさら人が美人だと云わぬような状況を作り、仮に云われても、あたりまえだ、と思えるようにすればよいでしょう。まあ、そうなれば云う人はまずいなくなるとは思いますが……。

## 方向音痴で困っています

私は方向音痴です。道に迷わない日はないといってもいいくらいで、うまく目的地にたどり着くことができません。

子供のころ、道で大泣きしてパトカーで家まで送ってもらったこともあったし、小学生の時などは、隣のクラスの自分の席（と同じ場所）に座り、まわりの人に言われるまで、気付かなかったこともあります。

今でも、「駅前三分」に二時間かかることも珍しくありません。建物内でも、トイレから出た後、方向がわからなくなったり、何度も同じ所に舞い戻ったりしてしまいます。

地図を見ても、東西南北がわからず、意味がありません。職場の上司には「カーナビを背負って歩け」、兄には「お前は人間じゃない」と言われる始末です。

（埼玉県・会社員、女性二十五歳）

数年前。友人と電話で話すうち、電話ではどうにもならぬ、実際に会って話をしようということになり、となるとどこか待ち合わせの場所を決めなければ相成らぬが、どこがよろしいやろ、となったので私は、ある喫茶店を指定した。喫茶店は、駅改札口を出て真正面にあるビルの二階にあり、表に店名を記した巨大な看板が出ている。約束の時間より五分早く喫茶店に到着した私は、コーヒーを注文、入り口あたりをぼんやり眺めつつ、やがて運ばれてきたコーヒーを飲んだのである。

二時間後。髪はざんばら、目を血走らせ、息も絶え絶えの友人が姿を現し、私の姿を認めるや、ふらふら歩いてやってくるとテーブルのうえにあった水の入ったグラスを鷲掴《わしづか》みにして友人は立ったまま、これを飲み干した。尋常ならざる友人の様子を心配した私は放心状態の友人に尋ねた。「途中で、なにかあったの？」ややあって友人は答えた。「み、道に迷ってしまって……」友人は極端な方向音痴であったのである。

私は駅からゼロ秒の道のりをどうやったら迷うことができるのかを友人に問うてみた。友人はうまく説明することができず、私たちは長いこと話し合い、私は、おぼろげながら、方向音痴の人の頭脳の中の世界の一端を知ることができた。

一言でいうと方向音痴の人は、現実の世界と頭脳の中を関係づける際、通常の人がやるように、通りやアベニューを一度、東西南北に走る大きな通り、などと抽象化することができず、じゃあ、どうやって、世界を把握しているかというと、不連続な写真の如き映像として把握しているのであって、それが証拠に方向音痴の人が道を説明するのを聞くと、何通りを何米《メートル》北へ行って何という交差点を左折、といった具合に説明するのではなく、花屋の角をまがったらポストのところをいって、という風に説明するのである。

すなわち、方向音痴の人は物事を一般化、抽象化する過程で端折《はしょ》らねばならぬ花屋や魚屋に対しても真摯《しんし》な姿勢を崩さぬ真面目な人なのであって、おそらくあなたもすべてに対して真面目すぎるほど真面目な人なのでしょう。日頃から、もっと不真面目になって道ばたの雑物などには目もくれず、いい加減に歩けばすぐに目的地に到達できる（ような気がする）。

## 息子を学校に任せていいのか

息子がもうすぐ二歳になります。でも、彼の将来のことを考えるといろいろと心配になります。

少年少女をめぐる陰惨な事件がよく報道されているし、身近な人からも、教室でのいじめがひどいとしばしば聞きます。

これから息子が成長していく中で、学校なんかに通わせていいのでしょうか。今の日本の教育制度に任せてしまっていいのでしょうか。

かといって、ほかにいい方法はないし。

町田さんにこのへんのところをどう考えておられるのかお聞かせ願えればうれしいです。

（千葉県・会社員、男性三十八歳）

このところ若者の具合がどうにもおかしい、ということをよく耳にするが、じゃあひるがえって自分はまともなのか？　というと必ずしもそうとは言い切れぬ部分もあり、偉そうなことはいえぬなあ、と思うが、それでも困ったことだと思うのは、例えば若者がちっとも働かぬ、といった話を脇で聞いたときで、その現象は文化・芸術の領域から流通、建築など、およそ都市でなされるあらゆる産業分野にひとしく見られる現象らしく、建築現場などで親方が徒弟に、この荷をあそこまで運べ、と命じても、徒弟は、人にあれこれ命令されたくない。うぜえ。などと嘯《うそぶ》いてこれに従わず、親方が叱責《しっせき》するや、敢然、職を辞し、直ちに帰宅をしてしまうというのである。こういう問題を孕《はら》みつつ完成した橋やトンネルを果たして我々は心安けく通行することができるだろうか？　もちろんできぬのであり、実に困ったことであるといえるが、こういう話をあちこちで聞くということは、やはりこれ、ご指摘の通り、学校教育の問題が大きく関係しているといえ、まして自分の子供となれば、殺人や苛《いじ》めなどに関係させたくないのはもちろんだが、自分と他人、自分と社会との関係についての歪《ゆが》んだ教育をされては堪《たま》らぬ、と思うのは無理からぬところでしょう。しかしながらそれは、学校に行く／行かぬ、という問題ではありません。すなわち、学校でおかしげな教育をするから、知識も経験もないくせに、人に命令されたくねぇ、などと嘯いて傲然《ごうぜん》としている馬鹿者ができあがるのではなく、むしろ学校では、親方の命令には従った方がいいんじゃねぇの？　と教えているのです。

ではなぜこんなことになるのかというと、それは当人が、自分は他人とは一風変わったスペシャルな存在だ、と思っているからで、そう思わせたのは誰かというと、学校は標準偏差というもので生徒を計量するなどして、スペシャル扱いしないのであってとなると、みんなひとしなみにあつかっているのだけれどもつまりは親御さんが、尊公はスペシャルだ、というからそうなるのであって、確かに自分の子供は特別な存在ですが、だからといって親方の命令に背いていいわけはなく、つまり、学校教育によって子をおかしくされるのではないかと心配する前に、家庭で自他の関係についての通常の躾《しつけ》をなされることが先決かと存じます。そのためには、きさまは平々凡々たるなんのとりえもないアホーなのだから親方や先生の言うことをよく聞いて業務に励まんとあきませんよ。と日々言い続ければよいでしょう。

## 年齢不同一性障害

私は「年齢不同一性障害」です。

外見は五十歳の良き母、良き妻で通っていますが、実は精神は二十歳のまま、まったく年をとっていないのです。

特に、恋愛関係において顕著で、いまだにステキな男性との出会いを待ち、キムタクに胸をときめかしています（鏡で自分の容姿を見てガッカリするのですが）。

同い年の夫は年相応に老いていています。

初老の夫と二十歳の妻のギャップは広がるばかりです。

いったい私はどうしたらいいのでしょうか。


（東京都・主婦、五十五歳）


最近の世の中の風潮として、若さに異常に拘泥《こうでい》するという風潮があり、十代の少女が、二十歳を過ぎたら人生は終わり、後は余生だ、と慨嘆するなど、まるで年齢を重ねることを罪悪のようにいう人もあるが、はっきりいってそれは誤りである。

世の中には年をとらねばできぬことというのがたくさんあって、というより若いうちは若さ以外の何物をも持ち合わせぬのであり、若さゆえに可能で、年齢と経験を積んだ者に若さで対抗できるものといえば、駆けっくら、組み打ち、酒の無茶飲み、無謀な冒険、くらいのものであって、大抵のこと、例えば、美しさということひとつとっても、洗練ということを知らぬ若い者は成熟した大人の敵ではなく、また、年齢を重ねた者が、駆けっくらや無謀なこと、例えば断崖《だんがい》絶壁に向かって猛スピードで自動車を走らせ、もはや落ちんとする寸前に自動車を停め、スリルを味わう、などといったことを果たしてやりたいか？　というと、大多数の人はいい歳をしてそんな馬鹿げたことをやりたくないだろうし、やりたければ若さに拘泥する必要もあるが、やりたくない以上、若さに拘泥する必要はまるでないのである。

ではなぜいま世の中に若さに異常に拘泥する風潮が蔓延《まんえん》しているのかというと、まあ、それは社会全体が幼児化しているのかも知らんし、我が国の死生観が前の大戦など歴史を経て崩壊、無意識で死を恐れるあまりにこんなことになっているのかも知らんし、それは一度みんなでよくよく考えてみないといかんかも知らんが、しかしここで問題なのは、あなたである。

僕はあなたは非常に幸福だと思いますよ。だってそうでしょう。普通、若者は金がないので若さゆえの無茶をやるに際して相応の貧しい場所でやっているのだけれども、社会的には経験を積んだ五十代の女性であり、世界の一流品・高級品を身につけてもなんらの違和感もなく、大人の社交場にも堂々と出入りができるのであり、でもあなたは精神的には二十歳なので一流ホテルのバーで酒の無茶飲みをして暴れる。超高級レストランで喧嘩《けんか》口論のあげく組みうちをする。ゲートボール練習場でハードコアパンクを演奏するなどできるのであり一粒で二度おいしい、人生を送ることができるのです。まあ、問題は、恋愛ですが、実際に二十歳の人がテレビタレントに心をときめかせたからといって、みながテレビタレントと恋愛をするわけではなく、それぞれ縁のある人と出会い、結婚をするわけですから、あなたもいまの三十歳年上の御主人と巡り会って結婚をしたと思えばギャップもまた楽しいでしょう。よろしく。

## うちのテレビが壊れた

あれは七月二十一日のことです。うちのテレビが突然に壊れました。電器店の人に見てもらうと、よくその意味がわからないのですが、どうも「落雷」のためだそうで、「もうなおらない」といわれました。テレビが映らないと、やっぱり困ります。ニュースを見ることもできないし、ビデオも楽しめません。

問題はここからです。友人に相談すると「三カ月たてば、テレビぐらいだれかがくれるよ」とアドバイスされたのです。

そんなものかなあと思い、ずっと待っているのですが、なかなかくれる人が現れません。もっと待った方がいいのか、あきらめて買うことを考えた方がいいのか。町田さんなら、どうされますか。

（東京都・会社員、女性二十四歳）

むかし、ローリング・ストーンズという英国のロックグループのLPを買い、さっそく開封、ターンテーブルにこれを乗せて演奏、歌詞カードをみていたところ、"Time is on my side, yes it is"という歌詞の訳のところに、「果報は寝て待て。そうだよね」と、書いてあるのを発見、歌にあわせて、「かほおおは、寝て待てえ、そおだよねー」と自ら歌い自ら笑い、爾来《じらい》、二十年。自分は、果報は寝て待てを人生訓とし、自ら努力・精進ということを、ほぼしないで生きてきたが、結果、どうなったかというと、御覧の通りの有り様だよ、他人様に嫌がられるパンク歌手になりさがり、日々、挫折《ざせつ》と失敗を繰り返し、全世界と自分を呪《のろ》いながらゴミ溜《だめ》のなかで反吐《へど》にまみれて眠っているのである。背中を丸めて、心を凍らせて。私は、まだ若いあなたが将来、こんなことにならぬことを切に念じます。

つまり私はあなたに、現在の私の因果きわまりない状況を他山の石として、自ら運命をきり拓《ひら》いて貰《もら》いたいと願っておるのです。この年寄りの言うことに耳を傾けてくれますか？　くれますか？　くれますか？　と、三遍言った時点で、土台、相談をしてきたのはそっちで、なぜここまでへりくだる必要があるのか？　という疑問がふつふつと湧いてきたのでこのまま話を進めます。あなたは、テレビが欲しいという。しかしながら、通常、中古テレビくらいだと、ひと月半くらいで貰えるはずなのですが三月経っても誰も呉《く》れぬ、と仰《おっしゃ》るのですね。オゲー（ＯＫ）教えます。それはプロモーションが不足しているのです。つまり、あなたのテレビを欲しているという気持ちは人後に落ちぬのだけれども、それが他人に伝わっていないのです。はっきりいっていまは広告・宣伝の時代、寝ていても果報は訪れません。道を歩いているときでも、ああああああ（悲嘆に暮れたように）、テ、テレビが欲しい、と叫ぶ。電車に乗っているときも、つり革にぶら下がり、座っている人の目をじっと見て、テレビがないとビデオが楽しめないわ。つらいわー、苦しーわ。あふふふ。

と呟《つぶや》く。会社でパソコンのキーを叩《たた》きながら、低く押し殺した声で、落雷の餓鬼が。殺すぞ。あほ。と言う。あなたはテレビが欲しい人として地域社会に認知され、あいつにテレビをやんないとうっとおしくてしゃあない、或《ある》いは、やばいことになるかも知れない、ということになって直《じ》きにそれをゲットできることでしょう。

## すぐ人を信じてしまう

私はすぐ人を信じてしまいます。

いつも思ったまま口に出してしまい、人がほかで話すなどと思ったことがありません。

ところが、それがいつのまにか、別の人に伝わっていて、変な目で見られたりします。

先日も、「家を建て替えなければ人を呼ぶこともできない」と言ったのに、建て替えることに、なってしまいました。

お金もないのに。

いろいろな人がいることは事実なのですが、たいていは人に伝わってしまいます。

どうしたら、信じることができる人を見分けられるのでしょう。その方法を教えてください。


（千葉県・主婦、五十三歳）


素晴らしいことだと思います。私もこうして週に一度、皆様の人生のお悩みについてご一緒に考える機会を与えていただいている関係上、様々の人の悩みを聞きますが、その悩みの半分くらいは、自分の意見や思いが、他に伝わらない、すなわち、コミュニケーションがうまくいかないことが原因となっていることが多いのです。

そもそも人間というものは自己本位、利己的な生き物ですから、欲心が邪魔をして他の気持ちや言葉が理解できなくなることがままあり、つまり一見、人と人とは言葉を用いて、円滑なコミュニケーションを持っているように見えてその実、お互いなにを言っているのかまったく理解しないいまま、談笑を続けているなんてことがよくあるのであり、例えば、ファミリーレストラン、通称ファミレスなどで長時間、お喋《しゃべ》りをしている御婦人のグループなどがこれに相当します。

また、いま僕はこうして日本語でこの文章を綴《つづ》っているわけですが、これだって怪しいもので、僕としては意味の通る文章を書いているつもりなのですが、ある人がこの文を、「作しも随分観音が、春鰐《わに》の日向《ひゅうが》の国の庭の水撒《ま》き。作んぼのまま称ン誉。をそのの味かであう」と、読まぬとは必ずしも言い切れぬのであり、じゃあ、もっと懇切丁寧にもっと言葉を尽くせば伝わるか、というと、必ずしもそうとは言いきれず、例えば、苦心惨憺《さんたん》して書いた小説を、専門の評論家が、ほっほーん。これはミステリータッチの経済小説ですな、と評す。ところがそれは恋愛小説で、作者は自決をしたい気持ちになる、なんて話もよくあるのです。

そんな状態のなかであなたは仕合《しあ》わせじゃないか。ちょっと口にしただけで忽《たちま》ちにしてそのことが世間に伝わるのです。

例えばあなたは今度は畳替えをしたくなったとする。普通なら畳屋に電話をしなければならぬところを、ちょっと口にしただけで、その話は近隣を駆け巡り、当然、畳屋の耳にも入り、電話をかけるまでもなく、畳屋が飛んでくるのです。これは応用が利きます。出前しかり。配達しかり。電話代だけでも結構な儲《もう》けになるでしょう。俯仰《ふぎょう》天地に愧《は》じず。言いたい奴には言わしておけばいいではありませんか。あなたの場合、その方が得なんだし。

## 妻が全然やせません

妻は三十一歳、結婚して五年になり、子供も二人（三歳と〇歳）います。

この妻が、私がいくら「もっとやせろ！」と言っても、全然やせません。馬の先にニンジンをぶら下げるがごとく、「やせたら、指輪でも洋服でも買ってやるぞ」と言っても、効き目がありません。身長一五〇センチで体重が五十八キロ。私より体重があるのです。知人には腹の出具合で、「三人目ですか？」と言われる始末。確かに、結婚前から太かったのですが、最近の人妻のスタイルの良さを考えると、私はガマンなりません。

いっそ離婚しようか、または浮気しようかと思っています。どうしたらいいのでしょうか。最近は一緒に歩くのも、なんだか恥ずかしくなってきました。

（宮城県・公務員、男性三十六歳）

結婚は人生の墓場。なんてなことを言ったひとがあるが、おまえ百までわしゃ九十九までともに白髪の生えるまで、偕老同穴《かいろうどうけつ》を誓った夫婦というものは、実にもう、ほんと、伴侶《はんりょ》、パートナー、相方、コンビであり、ものを食べるのでも、ひとつのものは半分に、半分のものは四半分に、ねぇものは食えねぇ、というくらいのものなのであって、しかし、なけりゃあよかったのだけれども、お宅には食べるものがありすぎて、そいで奥方様が太《ふと》りすぎてしまったというわけか。なるほど。わかった。

では次に、なぜ、最近は太っているより痩《や》せているほうが恰好《かっこう》いいと思われるか、ということを考えてみよう、と私は提案したい。

結論からいうと、痩せているほうがより人生において苦労をしているように見える、ということではないだろうか。痩せるおもい、なんてなことをいうように、いろいろなことを考えている人はそれだけ苦労が多く、なかなか太れない、すなわち、痩せている人は太っている人より、いろんな多くの難しい問題について考えている頭のいい、繊細な人で、太っている人は、まったくもってなにも考えていない、馬鹿で鈍感な人、という風に、世間が思いこんでいる、だから痩せている方が恰好がいいように見えるという御議論である。

となると、奥方様も少し苦労をすれば体重が減少するかもしれません。

しかしここで注意すべきは苦労にはみっつのパターンがあるということで、ひとつは、仰《おっしゃ》るように、あなたが浮気をする、などの精神的苦労ですが、これはいけません。子供さんもあるそうですし、しかもあなた自身が目的と手段を混同してしまう可能性もあります。これは避けましょう。

次に、スポーツクラブやジムなどで肉体的苦労をする、という方法もありますが、これは本人がその気にならなければ不可能です。となると手段はひとつ、あなたは家庭内の炊飯器、洗濯機、掃除機などをひそかに破壊してしまいなさい。そして故障した、と嘯《うそぶ》いて知らぬ顔をし、けっして買い換えには同意しなければよいのです。さすれば奥方様は、盥《たらい》に洗濯板。帚《ほうき》にちりとり。へっついに火吹竹。家事労働に多大なエネルギーを消費、たちどころに痩せてしまわれるでしょう。

## たばこがやめられない

たばこがやめられません。

吸い始めたのは浪人していたころです。

これまでに四回、禁煙を試みましたが、せいぜい、一カ月しかもちません。

仕事でイライラがたまったり、考え事をしたりしていると、ついつい吸いたくなってしまうのです。

それで、一日に二十本ぐらい吸ってしまいます。

なぜやめたくなったかというと、地下鉄から降りて階段を上っていると息切れがして、これはヤバイぞと思ったわけです。どうしたら、やめることができるのでしょうか。


（埼玉県・会社員、男性四十六歳）


なぜあなたは煙草がやめられぬのか？　理由は簡単、あなたは煙草をなめているからです。文中に「仕事でイライラがたまり」「考え事をしたりしていると」などとありますが、禁煙というのは男の一大事業です。『女の一生』の著者はモーパッサンです。仕事や考え事をしつつ、禁煙をしようなどという、そのふざけた根性から叩《たた》き直す必要があります。

とはいうものの、人間の根性というものはなかなか叩き直るものではなく、素人が下手に叩くと、もう根性はどうしようもなくねじ曲がり、虚無的な人となって木枯らしの中でタイガーマスクのエンディングテーマ曲を歌い、にやにや笑うなどといった愚行を演じるなどの危険性もありますのでここは一番、ひとの振りみて我が振り直せ、筆者の禁煙体験を聞いて、参考になされたらいかがでしょうか？

筆舌に尽くしがたい、突き上げるような、鈍痛に似た不快感は腹の辺りに蟠《わだかま》り、一瞬後にはイソギンチャクの触手のように足先、頭脳めざして広がって、筆者の精神と肉体は、どんよりどろどろでありました。そう。筆者は果敢にも禁煙に挑戦したのです。惨憺《さんたん》たる体験でした。四肢の痺《しび》れ、悪寒戦慄《せんりつ》。絶えず譫言《せんげん》を発し、歩行すらままならぬ状態。しかし、仕事というものは待ってくれません。筆者は普段何気なく座っている椅子に、絶壁を登るがごとき困難を感じつつよじ登り、鉄蓋のように重いノートパソコンの蓋を開きました。筆者は、それら一連の動作に一時間を要しました。それから筆者は一時間かけて、随筆原稿を一行、「昨日、道を歩いていたら前から犬が来た。いい犬だった」と書きましたが、その時点で頭がくらくらして椅子から転げ落ち、その後は、すべての仕事を放擲《ほうてき》、ひたすら寝台で布団を抱いて暴れ水を日に一斗飲んで大汗をかきました。五日目からだんだん楽になって、まるで人間になったような気がしたのをいまでもはっきり覚えています。

私の体験からいうと仕事や考え事は禁煙の敵で、私が禁煙に成功したのは仕事をやめたからです。すぐに会社を辞めこの年末年始や夏休みに禁煙バーチャル地獄巡りを体験なされたらどうでしょうか。大枚をはたいてハワイに行く、帰省をする、などして疲労困憊《こんぱい》するよりも、その方が面白いかも知れませんよ。奥方はお怒りになるでしょうけど。

## 夫が部屋に閉じこもる

夫のことで悩んでいます。彼は、仕事で夜遅くに帰宅し、一人だけの夕食をすませると、そそくさと二階の自分の部屋に入り、カギをかけて閉じこもります。そして、朝まで出てきません。こんな状態ですから、会話も成り立ちません。夕食時、私「かくかくしかじか」、夫「あっそう」、私「かくかくしかじかｐａｒｔ２」、夫「ふうん」、私「かくかくしかじかｐａｒｔ３」、夫「よかったね。じゃ、寝るわ」と部屋へ行く。こんな感じです。すでに私に何の興味もないのでしょうが、私は一応、彼の妻なのです。夫の部屋から笑い声が聞こえてくると（ＴＶのお笑い番組を見ているのです）、ドアをぶち壊したい衝動にかられます。もう一年半こんな状態です。私たちはこのまま、子供たちの父親、母親としてだけ暮らしていくべきなのでしょうか。（福島県・パートタイマー、女性三十八歳）

なんでも原因が大事だ。なんでも原因を突き止め、根こそぎにしてしまわないと同じことが繰り返される。虚《むな》しい。悲しい。死にたくなる。二千年紀なんて騒いでいるが、人間の歴史もまた同じことの繰り返しで、結局、ははは。虚しいな。空虚だな。と、いったことを旦那《だんな》様はお考えになっているのではないでしょうか。

つまりだから、御亭主はあなたの、「かくかくしかじか」「かくかくしかじかｐａｒｔ

2」「かくかくしかじかpart3」という話とテレビのお笑い番組を比較して、テレビのお笑い番組の方がより自分の人生にとって意味深いものだ、と思って、テレビのお笑い番組を見ているのではなく、逆に、あなたの、「かくかくしかじか」「かくかくしかじかpart2」「かくかくしかじかpart3」といった話の方によりリアルな現実を感じ、かつ、それらの話が自らの空虚感をより辛《つら》い方向に持っていくのを事前に察知して、まったく無内容なテレビ番組に逃避しているのです。

で、どうすればよいかですが、あなたは、御主人の見ているのと同じ番組を、ここが肝心なのですが、御夫君が見ているのとは別の部屋で視聴しなさい。

くだらないと思うかも知れません。もっと大事な、「かくかくしかじか」「かくかくしかじかpart2」「かくかくしかじかpart3」の話をしたいと思うかも知れません。しかしここは我慢して、テレビを見続けるのです。しばらくするとあなたの口から、たはは。という乾いた笑い声が洩《も》れるでしょう。それこそが、良人《おっと》さんの笑いとまったく同じな空虚の笑いなのです。

旦那様はそれは気になりますよ。だってそうでしょう、いつも現実の側に与《くみ》していたはずの妻が、なぜだか部屋に閉じこもって、たはは。と笑っているのですから。そして御亭主はあなたの様子をちらちら気にし始めます。なぜなら空虚感はある安定がもたらす倦怠《けんたい》を前提としたものですから、それが崩壊すると空虚感を感じていられないからです。時期をみてあなたは背の君に自分がなぜ笑ったか。いまのギャグのどこがおもしろかったかを詳細に説明してください。夫婦は空虚の絆《きずな》で結ばれて、なかよくテレビを見て、一緒に、たははと空虚な笑いを笑うことができるようになるでしょう。空虚ですね。

## 酒を飲み過ぎる

このところ、酒の飲み過ぎです。

行きつけの場末のバーで、マスターとバカ話をしているうちに、ついつい飲んでしまい、一晩でウイスキーのボトル半分を空けてしまう毎日です。

朝は内臓にダメージを受けている感じで、食欲もありません。

ところが、夜になると街へ出て、バーのドアを開けてしまうのです。

このままだとアルコール依存症になってしまいそうで怖いです。

町田さんはどんなふうに酒と付き合っておられますか。いい方法があったら教えてください。

（東京都・会社員、男性二十六歳）

お酒飲む人花ならつぼみ今日もさけさけ明日もさけ。なんてなことを云った人があるが、各種ドラッグのなかでも酒というのは強力な方で、がために心身の健康を害する人も多く、といってまったく酒のない人生というのも寂しいもの、じゃあどうすりゃいいのだ、といえば、まあ、ほどほどにしておくのがいいということでしょう。

なんてしたり顔で云っているのを聞くと、まるで僕が分別のある酒飲みのように聞こえるが、へっ、こう見えても僕は酒といやあ浴びる方で、むしろあなたとは御同輩、つまりこの質問にもっともふさわしくない回答者なのですが、しかし、だからこそ酒飲みの心理はよくわかる。一緒に考えて一緒に悩みましょう。なんだったらいっぱいやりながら。というのがいかん。

我々はなぜ酒を飲むのでしょうか。それは人生がつまらないからで、酒を飲むくらいしか楽しみのない絶望的な人生を送っているということです。だから我々は、酒をやめるためには、進んで楽しみを求め、日々、愉快だなあ、楽しいなあ、と思って生活をすればよいわけです。まあ、具体的には、レジャー、なんていいんじゃない？

例えば、山登り・魚釣り・海水浴・キャンプ・スキーなど。休日。自然に触れ、都会で疲れた身体をリフレッシュするわけです。新鮮な空気を吸い、景色を眺め、釣った魚を野外で焼いて食べる。そして、冷えたビールを、くうっー、と飲みたくなるのでこれは止めましょう。

例えば、観劇なんてなのはどうでしょう？　芝居を見に行くわけです。いいねぇ。どうも。やはり日本人の、日本人としての情緒が刺激される、あの、とわやっ、というの、俺も言ってみよう。とわやっ。ううむ。いいぜ。と、さあ。少しく腹が減った。そう言って弁当とそれからそうそう熱燗《あつかん》をくうっと飲んで、またほろ酔い加減で……、となってこれも駄目ですね。と、いう具合に嬉《うれ》しいにつけ悲しいにつけ酒を飲んでしまうのが酒飲みというもので、まあ、どうしても止めたいのなら最後の秘策を用いる必要があります。すなわち、滅茶苦茶《めちゃくちゃ》に飲んで二日酔、それも夕方、いやまちっと頑張って晩方まで持続する二日酔をしてしまうのです。さすればその夜だけは酒を飲まずに済むでしょう。まあ、小生に言えることはせいぜいこれくらい。ごめんね。

# ネコがいなくなった

私のミーちゃんがいなくなってしまいました。

まあ、聞いてください。

私は子供のころからネコが好きで、ずっと飼い続けてきました。ところが、三年前に、飼っていた三毛ネコのタマちゃんが死んでしまいました。

その後は家に病人が出てネコが飼えなくなってしまいました。それで、さびしい私は近所で飼われている茶色のネコのミーちゃんの頭を朝晩なでるのが唯一の楽しみになりました。

ところが、ミーちゃんの飼い主が引っ越してしまい、それきり会えなくなってしまったのです。

その飼い主とは親しいわけではなく、行き先はわかりません。

私は喪失感で胸に穴があいたようです。

（東京都・会社員、女性三十九歳）

こんな話を人から聞いたことがあります。以下、思い出しつつ。

いまからちょうど五年前。私は東京都下、武蔵野《むさしの》の一角にある、古く細長いビルに住んでいた。赤黒い外壁のそのビルの一階には中華料理屋、不動産屋、「総統」という名前の焼鳥屋が入っていて、二階より上にも、過酷な労働にたずさわっていると思《おぼ》しき男の方女の方の宿舎、金融関係の事務所、暴力関係の事務所、なんだかわからないけれども無暗《むやみ》に人の出入りする怪しげな家、などが入ってた。

その頃、私は荒《すさ》んでいた。前衛ジャズを聴き、酒を飲み、人に議論を吹きかけ、仕舞いには一分間に十も二十もギャグを云って止めなかった。なぜそんなに荒んでいたのか。そんなことはわからない。とにかく私は荒んでいたのだ。そんな調子だから誰も私の相手になる者はない、友人もみな私を避け、私はとても孤独で凶悪な目をして人気のない公園のベンチで背中を丸めて菓子パンや煎餅《せんべい》をひとり食ったっけ。寂しかったよ。

そんな私ではあったが、ひとつだけ心が和むことがあった、というのは、ビルの一階の不動産屋にいた猫で、猫は窓際のコピー機の上にいつも座っていて、私の顔を見ると、にゃあ、と云う。可愛いなあ。私は飼い主に無断で猫を「ニコちゃん」と名付け、ははは、他家をいつまでも覗《のぞ》き込んでいると怪しまれるが、そこは不動産屋、貸し屋の札を見ているような顔をして、いつまでもニコちゃんを見ていることができたのである。ところが。

貸し屋札に混ざって、猫あげます。という札が張り出されたと思ったら、程なくしてニコちゃんはどこかにやられてしまった。ニコちゃんは老猫である。歳をとって仕み慣れたコピー機の上を離れる辛《つら》さはいかばかりのものであろうか。私はニコちゃんの身の上を案じた。しかしニコちゃんが居なくなると同時に、私の荒みが治り、私はクラシック音楽を聴き、ティーを飲み、人の話をよく聞いて、ギャグを云わずに物事を真剣に考えるようになったのである。なぜだろう。ニコちゃんが身代わりになってくれたのだろうか。あんたどう思う?

猫が居なくなって逆にその人はよくなった。こんなことも世間にはあるようです。ひとつ御参考にしてください。よろしく。

## 人が気になる

私はどうでもいいことをいちいち気にしすぎて困っています。

レストランや本屋に行くと、周囲のお客さんのようすを見て、自分が攻撃されたり、侮辱されたような気になって、腹をたてたり、ショックを受けたりしてしまいます。

自分が物を買っても、レジの店員さんが無感動だと、素直に店を出たくなくなります。

もちろん、人や物に危害を加えたりはしませんが、本屋に行くというだけで、哀しみにくれ、くよくよ泣きながら帰ることもたびたびです。

私は外へ出てはいけない人間なのでしょうか。（秋田県・フリーター、男性二十一歳）

周囲の客の様子、というのをわたしなりに考えてみると、先《ま》ず、ううむ。このチキンは実に美味だね。おちょくっとったら殺すぞ、こら。どうだい？ ワインをもう一杯。このサノバヴィッチが。といった具合に、食事をしながら別テーブルの他人を攻撃したり侮辱したりするのはちょっと考えにくいので、それ以外の状況ということになるのでしょうなあ、例えば、たいへん混む店で順番待ちをしていたところ、後からやってきた人が、突然、うわっ。とか云って叫ぶ。いったいどうしたのだろう？ と思って、振り返ると、きしきしっ、などと鳴きながら、猿のように敏捷《びんしょう》な動作で前に割り込んだ、なにをするのだ、と抗議をしたところ、神の国では先の者が後となり、後の者が先となる、などと嘯《うそぶ》いてすましているとかね。あるいは、もっと屈辱的なのは、あなたはもう先から注文をしていた。注文したのはカツ丼の並。しかしなかなか持ってこない。腹減ったなあ。早よしてくれへんかなあ、と思いつつあなたは厨房《ちゅうぼう》の方角を凝視していた。と、そこへ、入ってきた町内の者と思しき客がカツ丼の上を誂《あつら》えたところ、ほどなくしてカツ丼が出来上がり、ボイが運んできたのはいいのだけれど、あろうことかボイは、あなたの並カツ丼ではなく、後から来た客のところへ上カツ丼を運んでいったのである。

も、怒った怒った腹立った。俺の方が俺の方が俺の方が、はやはやはや、あわわわわあわわ、なんでやなんでや。あわわ。抗議するあなたにボイは、神の国では先の者が後となり、後の者が先となる、それにあなたは並だ、などと嘯いてすましているとかね。そんな流行《はや》ってるのか、とあなたが泣きたくなるのは無理からぬところである。書店でも店員に感動を与えることができぬとのこと。困ったことですね。御同情申し上げます。

しかしながら解決法は意外なくらいに簡単です。あなたは超高級品だけを利用、それ以外の店を使わなければよいのです。そういう店では接客マナーもちゃんとしてますし、客も金持ちが多いので比較的おっとりしています。あなたは誰にも侮辱されず、また無視もされないでしょう。書店に関しては、一度に百万円程度、本を買えば店員も感動、少なくとも驚きはするとおもいますよ。ど、どうやって持って帰ります？　などと。

## 静かな毎日を過ごしたい

私はきのうとほとんど変わらない判で押したような静かな毎日が大好きです。ところが、結婚して二年を過ぎたころから、主人が建設的なことを言うようになり（クルマを買おうよ、子供が生まれたら○○しようね、など）、最近ではまったく悪意のない主人のこんな発言にすら、クルマを買ったわけでもないのに、子供ができたわけでもないのに、とウンザリしてしまいます。

クルマを買えば、今以上にせっせと、クルマに乗る時間の何倍も何十倍も働かなければなりません。判で押した毎日を愛してやまない私には、クルマなどまったく不必要で、そのために汗水たらして働いている自分の姿など想像するだけで恐怖です。

日々の変化や不条理をどうしたら愛せるようになるのでしょう。

（東京都・主婦、アルバイト、二十九歳）

なるべく変化のない生活を望む。というのはこれ、大変に奥床《おくゆか》しいことで、だいたいにおいてここ百年、人間は変化を望みすぎたといえるでしょう。

改良、改善、進取の精神。「いちいち田植えすんのんは邪魔くさいのお。なんとかならんのんかい？」「よしじゃあ、自動的に田植えができる自動田植機を拵《こしら》えよう」なんつって拵える。拵えた以上は便利だからこれを使う。しかしただ使えない、やはりこれは買わなければならぬので、おっしゃるとおり、楽になった分、負債が残るのです。あるいはいちいち大根をおろすのが面倒だ。ここは一番、エレクトリック大根おろしマシーンを購入する、と、飛躍的に大根おろしが楽になり、そうすっといままで大根おろしをしていた時間が余る。余った時間でなにかすることがあればよいが、大抵の場合それは無聊《ぶりよう》退屈な時間。耐えかねた家庭の主婦は、小人《しようじん》閑居して不善をなす、ってすべてのひとがそうとは云わぬが、毒にも薬にもならぬ娯楽・暇つぶしに時間と金を費やすのである。

便利にする。楽になる。運動不足になる。ジムに通う。いい加減に通っておけばいいのだけれども、つい通いすぎて時間がなくなる。その時間をカバーするために、また便利にする。便利にし過ぎちゃって時間があきすぎる。しょうがないのでエステティックサロンに通う。また通いすぎてしまって美人になる。なりすぎてしまって……。と、際限がございませんでしょ。んなことなら初手から便利にしない方がおよろしいですよ。てな具合。

などという議論はしかしともすれば退嬰《たいえい》的な議論に堕しがちで、うつろうのは虚《むな》しいぜ、変わらぬものに価値がある。国破れて山河あり、などと嘯いて、ゴミやがらくたが何層にもなった家の中、掃除もしないで茶をたてて喜んでいる、なんざあ、はっ、お茶人だね、あのひたあ、なんてなことにもなりかねぬので注意が肝要かと存じます。

あなたは御主人が買ったクルマで長期キャンプに行きなさい。不便きわまりない山中であなたは様々な生活のための工夫をしなければなりませんが、そうして工夫をしてひとつ状況が改善される度に、我々が忘れてしまった素朴な改善、改良の喜びを知り、変化もまた悪いことばかりではないと思うようになることでしょう。

## スカートがはきたい

私は男性ですが、スカートがはきたいのです。

でも、ウエストがもうないこと、大きめのスカートもお店で買いづらいということで、もっぱら通販に頼っていますが、なかなか気に入ったものがありません。

私はできたらスカートで街を闊歩《かっぽ》したいと思うのですが、その勇気もありません。

部屋着としてスカートをはいていますが、自分で作ってしまうのが、一番でしょうか。

洋裁学校や服飾学校に入るのが必要でしょうか。

とりとめのない質問になってしまいましたが、私の心のモヤモヤに一言ください。


（愛知県・フリー、男性三十二歳）

小学生の頃、自宅近くを自転車で走行していたところ前方に少しくファンシーな感じのミニスカートをはいた女性が歩いていた。しかし彼我の距離が縮まるにつれ、そのファンシー味はいや増し、ついには少しくどころか大いにファンシー、異様と言っても過言ではない感じに成り果てて、不審に思った自分が、追い抜き様、彼女の顔を振り返って見たところ、顔面を紅潮させ、力みかえってロボットのごとき不自然な歩き方の彼女は果たして、彼であった。

いま思えば高校生くらいの彼はおそらく、あなたと同じくスカートをはいて町を闊歩してみたいと考え、妹のそれを無断借用するなどして実行したのであろう。三十年近く前の話である。

そしていまなお問題なのは、そのとき自分が感じた異様な感じ、不審の念であって、なぜ自分はそう感じたのであろうか。その人がそもそも異様であったからであろうか。

断じて否である。大体においてなにが異様かにが異様と感じる人間の感覚などというものは実にいい加減なものであって、普通に考えたら実に気色の悪いものをごく当たり前のように受け入れているかと思うと、別段、どうということもない、例えば男性がスカートをはく、ということなどを異様なものとして捉《とら》えてしまう場合があるのであり、つまり、人間にとって本質的・本来的に異様なんてなことはこれないのであって、じゃあなぜ異様だと思ったり思わなかったりするかというと、それは単なる、慣れ、習慣であるのであり、もしあなたが日々、スカートをはいて生活をすれば、初めのうちこそ、近所の八百屋のおばちゃんなどは、あれまー、と好奇のまなざしを向けるかも知らんが、一年もすればそんなことは日常の当たり前の光景となり果てて驚いて欲しくても驚かず、反対にズボンをはいていたりすると、これはいったいどうしたことだ、と驚かれるでしょう。

また、相手が自然に振る舞っていればいくら奇異に思ったとしてもなにも言えません。例えば、電車にのっていて頭に蛸《たこ》をくくりつけている人が隣に座ったからと言って、あなたはなにが言えるでしょうか。なにも言えません。また通信販売を利用するのであれば、サイズに関しては米国からの輸入品を取り扱っているカタログ雑誌などで探せばよいのではないでしょうか。デザインも豊富だと思いますよ。

## 世の中が腹立たしい

子供のころから世の中のいろいろなことに納得がいかず、腹立たしい思いをしています。

選挙に行かないくせに政治がなっていないというヤツ、子供たちがこんな成績なのは学校がきちんと教えないからだと言うヤツ、家事ができないくせに結婚する女。

私は家庭の都合で中学を卒業してから一人で暮らし、手に技術を持ち、ここまでやってきました。

こういう家庭に生まれた自分にも腹が立ちます。

こんなふうに書くと自分がひがんでいるように、自分でも感じます。やっぱりそうなのでしょうか。

毎日こんなことばかり考えているのはつらいです。（北海道・看護婦、女性三十七歳）

パンを買いに行こうと思って往来を歩いていてもいろいろなことに憤りを感じる。例えば、弁当殻、吸い殻、空き缶などのゴミが路上に散乱している。なんだこのゴミは。汚らしい。ゴミはゴミ箱に入れろ、ってんだ。ふざけやがって。殺すぞ。信号に堰《せ》き止められる。まあ、それは仕方ない、それが交通というものだ、と、自らに言い聞かせ苛々《いらいら》待つうち信号が青に変わった。よし、いくぞう。と、歩きかけた途端、なんじゃ？　あの高級輪入自動車は？　もはや信号は赤だというのに、もの凄《すご》い速度で交差点に突き込んでくる。なにを考えているのだ。危険じゃないか。ちょっと高価な輸入高級自動車に乗っているからといって威張るな。痴《し》れ者が。やっとのことで道路を横断したら向こうから澄ました顔をして猿が歩いてくる。怒りは極点。なにをやっとるのだ。猿の分際で偉そうに服を着てステッキをついて歩いてる。この国にはとうとう動物と人間の区別もなくなったのか？　嘆かわしい。もうこれは放置できない。ちょっと注意しよう。「もうし、そこの猿さん。猿が人間の真似をして偉そうにしたらあきませんよ。猿は猿らしく、裸で木から木を飛びなさい。うきいー、なんつって」と、こんなに情理を尽くして説得をしているのにもかかわらず猿は無反応、まったくなんというやくざな猿だ、と、顔を見て、やあ、すこたん、すこたん、猿だと思っていたら、猿に似た人間だった、やあ、すこたん、すこたん。と、いった具合。

と、まあこういう憤り、一言でいうと憤りで終わりなのだけれども、業界ではこれを二つに分けて考えるのがいま主流なのね、つまり、公憤と私憤という考え方、つまり、社会の悪に対して腹を立てるのが公憤、個人的に腹を立てるのが私憤、という考え方ね。で、じゃあ右の、ゴミに対する、自動車に対する、猿に対する怒りは公憤でしょうか？　私憤でしょうか？　答え、全てに「わたくしの不快」が混じってるからこれ私憤なのね。一見、公憤だけど、そうなの。あなたの怒りも専門的にはこれと同じで完全な私憤です。腹が立ったとき、これは私憤だ、といちいち自分に言い聞かせてみて。きっとあほらしくなって笑っちゃうと思うよ。さすれば怒りもやむさ。私憤は他人にとっては純然たるギャグだから。

## 一言多くなってしまう

私はいつも一言多いのです。

三枚目を演じているつもりなのに、逆に反感を買ってしまいます。

この前も、お酒の席で、真っ赤な顔をしている女性がいました。

彼女は赤いセーターを着ていたので、「保護色になっているわよ。カメレオンみたい」と言ってしまい、非難されました。

いつも後になって自己嫌悪に陥ってしまい、胃が痛くなります。

でも、何かの集まりがあると、おとなしくしているのも苦痛なのです。


（東京都・主婦、五十四歳）

居間の片隅で、りゃりゃりゃりゃりゃりゃ。りゃりゃりゃりゃりゃりゃ。と言っているのはなんだ？　狐狸妖怪《こりようかい》？　あやかし？　違う。電話が鳴っているのだ、ぼけ。早く出ろ。つって出る。と、ときに奇怪なのは向こうから電話をかけて来たのだから用があるのは向こうでこっちに用はない、なのに名前を言ったきり黙っている人があるということで、ちょっとやってみると、電話を受けた奴「はい。マチダ（仮）でございます」電話をかけた奴「あ。タナカ（仮）です」受「…………」か「…………」受「（なんだよ、てめぇがかけてきたんだからてめぇがなんとか言えよ、馬鹿野郎）」か「（俺がかけてんだからその用件を察してそっちから話し始めろよ、ぼけ野郎）」

てな具合である。

この場合、悪いのはどっちか、というと、当然、かけてきた方が悪い。なぜなら、電話の場合、かけた方がその電話での会話についての脚本演出製作の義務を負うというのは、天下万民が半ば法に準ずるものとして認めているからである。

ただ厄介なのは御相談の宴会など、各種会合の場合で、あなたとてなにも自己主張の挙げ句、悪目立ちをしたいがために洒落《しゃれ》や冗談を言っているのではなく、沈滞しがちな場のムードをなんとか打開したいと苦慮の挙げ句、まずい洒落や冗談を言ってしまうのでしょう。心中お察し申し上げます。

しかしながら昨今の風潮として、人情紙風船、他人の子供を叱ったり、公共の場所で道義・道徳にもとる行為に及ぶ馬鹿者に注意をしたりすると、逆ギレなどと称して罵倒《ばとう》されたり、お節介などと批判されたり、悪くすると殴られたり、殺されたりするなど、世の中はもはや滅茶苦茶《めちゃくちゃ》で、こんなことをいつまでも続けていたのではこの国は滅亡してしまうかも知れません。

あなたは是《ぜ》っぴ、あほなことを言い続けてください。あなたのやっていることは崇高な救国の行為で、オランダを救った少年と同じです。宴会を救った主婦。ときに挫《くじ》けそうになったときには、このあほなことは、別に自分が注目されたり喝采《かっさい》されたりするためではない。ひとえに義のため。この国の将来のため、と自らに言い聞かせて。

## 引っ越したい

引っ越したいのです。

今、住んでいるところについて二つの不満があります。家賃が安いのは気にいっているのですが、第一にとても寒く、第二にとても狭いのです。

管理人さんも、環境も、隣人もとてもいいです。結局、寒くて狭いのだけが不満なのです。東京の住宅事情を考えたとき、何かを選べば、何かをあきらめなければならないのはわかっているつもりです。では何を選べばいいのでしょう。

今度は日当たりがよくて、広いところをと考えています。

でも、環境が不便だったり、管理人が変な人だったら、困ります。高いところはもともと無理です。私に家探しのアドバイスをください。

（東京都・フリーター、女性二十五歳）


むかしアフリカのジンバブエというところの音楽のLPを脇から貰《もら》って聴いたことがあるが、なかに、「いいものは高い」という曲があった。歌意に隠れたるはなく、いい毛布があるな、と思って値を聞いたら高かった。輸入ビールは国産ビールより旨《うま》いけど値段が高い。君は毛布を四枚も持っているのか。俺はどうやって一枚買ったらいい（一枚を買う金も自分にはない)。まあ、世の中というのは大体そういうものだけど、ちょっといいな、と思ったら、必ず高くて買えないんだよね。いいものって、高いよね。ほんと、ほどの意味の歌で、こう云ってみると、なにをわざわざあたりまえのことを歌にしてけつかんのんじゃ。と、思う一方、ほんと、人をして、ほんとその通りだよね、と思わしむる、ある真理のごときが歌の根底にあるのもまた確かで、とりわけ、家を探しているときなど、他の買い物をしているときよりも、いっそうこの歌が心にしみることでしょう。よくよく味わうべし。

などと歌を鑑賞、広い家などは俗人にまかせて花鳥風月を友として暮らすのも一興ですが、生き馬の目を抜く東京でそんなたわ言を云っていたのでは人生の落伍者《らくごしゃ》、敗残者と成り果ててしまいます。ここは一番、いい家に入る思案を致しましょう。

しかしいいものは高いという大原則がある限り、いい家に入ろうと思ったら高銭を払う以外に方途・方策はない、ということになります。じゃあ駄目ですね、やはり花鳥かというこ とになります。それでは元も子もない。そこで私は、いい、ということを考えてみました。

いい、基準は人によって異なります。

つまり他人にとって、いい、ものが自分にとって、いい、とは限らぬし、その逆もまたそうです。おっしゃる、広さや環境などは衆目の一致するところであり、価格との因果関係は明らかで、そこのところに拘泥《こうでい》していたのでは、あなたにとっていい家にはなかなか入れないでしょう。ここは一番、日当たり、広さ、環境、管理人の人格、以外の、あなた独自の好みの条件を出してみてはいかがでしょう。例えば、お化けが好きで、できることなら幽霊などの出現する部屋に住みたい、とか。水瓶座《みずがめ》生まれだからやはり水っぽいじめじめしたところに住みたい、とか。ノイズミュージックが好きなので工場や高速道路のすぐそばが良い、とか。きっと格安でフェイバリットな家が見つかると思いますよ。

## 幽霊が怖い

父親のせいで深夜ラジオが聴けなくなりました。

父親は、私がラジオをつけっぱなしで寝ているのを見とがめて、「そんなことをしていたら、幽霊が来るぞ」と言うのです。

くわしく聞くと、「幽霊はあの世で寂しい思いをしている。だから、ラジオを聴きに来る」と説明します。昼間にそんな話を聞いても、何を言ってるんだか、と思うのですが、夜になると無視できなくなり、消して寝るようになりました。

気になって、好きなDJの番組も途中でやめています。友達に相談すると、「あー、私も聴けなくなる」と怒られました。

幽霊のことなど気にせず、たっぷり深夜ラジオを聴く方法を教えてください。

（東京都・中学生、女性十三歳）

えー。お化け、幽霊の問題ですが、まあ、世のなかにお化けてなものがあってたまるか。幽霊の正体見たり枯れ尾花、なんてなことがいってあるようにああいうものはみな神経のなせる業ですよ。という人があるかと思うと、いや、お化けってのは確かにおりますよ。ってのはあっしがこないだ、夜半に目を覚ますとね……、なんてなことを真顔で語る人もあり、御尊父の仰《おつしや》るとおり、本当にお化けがラジオを聴きに来ているのか、それともそんなことはまるでなく御尊父が電気代を倹約したいがためにそんな方便をいっているに過ぎぬのか、そこのところは、いまひとつ判然としません。しかしながらお化けというものは実に気味の悪いもの。この世に思いを残して死んでいったお化け。ある者は首がもげている。ある者はさんばら髪。着ているものやなんかも死んだときのままだから、古ぼけた和服姿のものあれば、ラッパーの恰好《かつこう》をしているものもあり、まったくちぐはぐだ。そんなお化け、幽霊が、枕元にしょんぼりと座り、一心にラジオに耳を傾け、ときおり、たはは、などと笑っているなどというのは考えるだけで気色の悪いもので、急ぎ、対策を講じる必要があるといえるでしょう。

で、その対策ですが、実に簡単です。つまり落語、「へっつい幽霊」などに明らかなように、幽霊は必ず「陰《いん》」でなければなりません。例えば、幽霊は掌《てのひら》を上に向けることができません。なぜなら、それは「陽《よう》」の手つきだからです。また幽霊は丑《うし》三つ時、すなわち、午前二時半頃でないとこの世に現れることができません。これも幽霊組合の規則です。さらに、幽霊はしばしば柳の木の下に現れますが、これはつまり、幽霊は陰、柳は陽の木であることから、陰陽プラマイのバランスをとっているのであり、逆にいうと磁石の同じ極が反発しあうのと同様に、陰の木の下に幽霊は現れることはできないのです。

あなたはこのことを活用するとよいでしょう、すなわち、枕元に、骨壺《こつつぼ》、位牌《いはい》、樒《しきみ》といった陰なものをずらりと並べておけばよいのです。陰と陰で反発してお化けはラジオを聴きに来られません。いっそのことあなた自身が死に装束で棺桶《かんおけ》に入って寝てみたらどうですか。夏など涼しいし、ラジオがついてないか見に来た父上様が卒倒するなど意外に楽しいかも知れませんぞ。

## パソコンをいつ買うか

パソコンをいつ買えばいいか、悩んでいます。新しいのを買ってやろうと思ううちに日々が過ぎていき、買おうと決めてから、もう二年半もたってしまいました。

いっそのこと、買うのをやめようかとも思いますが、周囲の人たちは「今ごろ持ってないのはあなたぐらい」と言葉には出さないのですが、目がそう言っています。

パソコンを買っても、絵を描くとか、インターネットをやりたいとか、漠然とした気持ちしかありません。

私にパソコンを買うタイミングを教えてください。（東京都・会社員、女性二十九歳）

我々は様々の便利や楽に取り囲まれて生活をしており、家の中は便利と楽の渦潮であります。胡麻《ごま》をするのに便利なごますり機。雑巾《ぞうきん》を縫ったり絞ったりするのはじゃあくさい、というので化学雑巾。全自動洗濯機、全自動食器洗機。

最近では通信手段というものが発達して、そうしてわざわざ遠方へ出掛けて行くまでもなく、居ながらにして遠方の人と話ができる。というのは、海底に紐《ひも》をひっぱる、空に拵《こしら》えもののお星さまを打ち上げて、などして可能になったことで、ほんとそら恐ろしいくらい楽で便利です。

そしてこの楽と便利によって我々はなにを得たでしょうか？　それはすなわち、時間、それも空いた時間です。ところが残念ながらその空いた時間に我々がなにをしているかというと、訳の分からぬことにその空いた時間を埋めるべく各種の活動をしているのです。ビジネスの場合でいうと、携帯電話やEメールを使うことによって、連絡が取りやすくなったり、手紙を書いたり、わざわざ出向いていって資料を手渡す、などの煩《はん》から人は解放されました。そしてその解放されて空いた時間になにをしているのかというと、魚釣りをしているわけではけっしてなく、別の仕事をしているのであって、つまり、飛躍的に便利になることによってひと一人あたりの仕事量が飛躍的に増えたのです。

個人でパソコンを使用する場合も同様の事態が起きると考えられます。例えば、何気なくインターネットのウェブサイトを閲覧していたところ、実においしそうなスープのレシピが掲載されているサイトがあった。イエイ。さすがだ。んな複雑怪奇なレシピは通常手に入らんぜ。さっそく拵えてみよう。と、知らなければそんなことをしないで済んだというのに、あなたは複雑怪奇なスープ作りにチャレンジする破目になるのです。

もしあなたが、好奇心に富み、人生を忙しく過ごしたい性格ならば即、買い、そうでなく、のんびり生きたいのであれば、パソコン？　まだ食べたことない。などと嘯《うそぶ》いていればよいでしょう。

あと、パソコンのひとつも知らないと時代に乗り遅れるかも知らん、という不安は無用です。申し上げたように人間は楽と便利を求めます。パソコンもずいぶん、楽で便利で安くなりました。向後もその方向に向かうと思いますよ。例えばテレビの操作がいまのパソコン程度に複雑であればこんなに普及しなかっただろうしね。

## たばこの煙が苦手です

私はたばこの煙が苦手です。体に悪いという意識もあり、人が吸っていると不快感を覚えます。そこにいたくても、人がたばこを吸い始めると、立ち去ったり、息を止めたり、気になって話を楽しめなかったり。できれば、たばこを吸わない人とだけ付き合いたいのですが、そんなことは無理です。実際、喫煙者にも魅力的な人がいっぱいいます。実は今、私があこがれている人は喫煙者です。仲良くなりたくても、たばこというものがあって、そこで気がひけます。

こんな私でも、無理せずうまく付き合える方法があれば教えてください。

（三重県・アルバイト、女性二十二歳）

自分の楽しみ・愉《たの》しみが他に迷惑を及ぼすということが分かっていても止められぬのが人間の因果で、自分が楽しいことはいいことであり、そのいいことを止める必要はなにもなく、なんとなれば、自分の楽しみなどはささやかな楽しみなのであって、世の中にはもっと大きな悪がいくらでもある。どうせならそっちを先に追及したらどうだ？　例えば、煙草の煙が他人の健康に悪影響を及ぼすというのなら、自動車の排気ガスはどうなる？　空気中のダイオキシンはどうしてくれる？　そういうものに比べりゃあ、俺の煙草の煙なんて全然たいしたことねえぜ。君は一方でそうした巨悪を放置して、他方ではこんな弱い哀れな個人を苛《いじ》めるのか？　こんな年寄りのささやかな楽しみを奪ってなにが嬉《うれ》しい？　おら達には食後の一服くらいしか楽しみがねぇだよ。そのたったひとつの楽しみを奪うなんて、ひでぇ、ひどすぎる。おねぇげぇでごぜぇますだ、お代官様。誰が代官じゃ。と、いう御議論である。

といってこの御議論が実にエゴイスティックな御議論であることはいうまでもなく、なぜなら、例えば、刀で斬り殺されようが爆殺されようが死ぬ本人にとって死は死であるからで、はっきり申し上げますが、あなたはあなたがつき合う人に煙草を止めていただくべきだと、私は思います。本人の健康のためでもありますしね。で、その方法ですが、右の人たちの言い分を聞くとわかるのですが、この人たちは、なにも、関係ねぇよ、ぶっ殺す、と言って断固煙草を吸っているわけではなく、実は非常に世論を気にしているのですね、だからこそいろいろ理窟《りくつ》をいうのです。ここを追及しましょう。そのためにあなたはキャンペーン、それも禁煙キャンペーンといった真正面のキャンペーンは各種団体がこれを行っているし、右の御議論による反駁《はんばく》もなされているので、ちょっと違ったキャンペーン、すなわち、男性の虚栄心、嫉妬心《しっとしん》につけこんだキャンペーンを展開すればいいでしょう。あなたは、職場に同志を募り、煙草を吸う男性の前で、芸能人やスポーツ選手を褒め称《たた》えなさい。さすれば男性は必ず、あんな奴のどこがよいのだ、俺の方が恰好《かっこう》いいぜ、というので、そこであなたは、だってあの人は煙草を吸わないのですもの、と、遠くを見る目をしていいなさい。煙草を吸わない男は仕事ができると広言しなさい。昨日、三十六歳で長者になって邸宅に住んでいる人に会ったが、やはり煙草を吸っていなかった、といいなさい。内心では彼我の差を感じている彼等は、煙草を吸わないくらいでこんなにもてるのだったら俺だって、と禁煙に取り組み、結果、職場の空気は綺麗《きれい》になり、あなたも素敵な男性と交際できるようになることでしょう。頑張ってください。イエイ。

# 苦悩の珍道中

対談◎町田康×いしいしんじ

# 悲しき蜂犬

（にぎわう浅草寺の境内。外国人観光客に、老人。修学旅行の生徒たち。玉石のしかれた地べたでは、たいへんな数の鳩が豆をついばんでいる。鳴き声がくーくーとやかましい）

**町田**　弛緩《しかん》してるね。

**いしい**　鳩のことですか。

**町田**　鳩もふくめ、この境内全体の空気が、ゆるみきっていますね。

**いしい**　先日、鳩を飼っているひとに教わったんですが、最近、鳩も悩みが多いんだそうです。

**町田**　それは何を悩んでいるんでしょう。

**いしい**　レース鳩なんかの帰還率が、ぐんぐん落ちてるんですって。その理由っていうのが、携帯電話なんだそうで。

**町田**　ああ、電波でね。

**いしい**　そうです。「電磁波が鳩の帰巣本能を狂わせるんだ」って。都市部を横切るとき、鳩はきまって行方不明になるんだそうです。

**町田**　それってつまり、鳩の頭脳が非常にあほになっているということですね。

**いしい**　あほに。

**町田**　そう（隣で観光客が携帯電話をかけている）。だからこの境内の鳩もぶったるんでいるわけですよ。あそこの看板に「鳩豆」ってかいてありますね。きちんと。浅草は、だから、生存競争がえらく楽なんでしょうな。

**いしい**　あそこの門にはっつけてあるでっかい草鞋《わらじ》とか、あの有名な提灯《ちょうちん》は、浅草っぽさのシンボルですね。

**町田**　ああ、そういうのは、やっぱり「東京」という感じがしますよね。

**いしい**　え、「東京」ですか？

**町田**　なんの伝統性もないでしょう。つくられたノスタルジー。

**いしい**　そういえば、ここ数年、人力車があらあと走り出しましてね。それがぼくはいやでいやでたまらないんです。

**町田**　そうしてレトロを売っているんですね。いしいさんはこの辺に住んで、どれくらいになるんですか。

**いしい**　十年です。

**町田**　それはきっと、向いてるんじゃないかと思うな。

**いしい**　そうですねえ。どういうところが好きかというと、たとえば、六区のむこうに「国際通り」って大通りがあるんですけど……。

**町田**　いいですね、そのネーミングが。

**いしい**　ところがその名前を、変えようと。若者を呼ぶために通りの名称を変えようって運動が五年ほど前にあってね、「ビートストリート」にしよう……。

**町田**　ははは。

**いしい**　なんでかといったら、浅草は太鼓の街やと。祭の、サンバの街やと。しかも昔ビートたけしが働いていたと。で、ビートストリート。二、三年くらいその「ビートストリート」のポスターがあちこちに貼られていたんですが、それがもう、いつの間にか雨にうたれボロボロになっちゃって……。

**町田**　そういうの好きですね。雨でボロボロ。はは。いいだしっぺのひとも、なんかときどき「なんかそんなことあったっけ」みたいに思いだしたりして。ははは。

**いしい**　そんな、切迫感のない雰囲気が、無性にいとおしいんですよ。じゃ、ちょっと歩いてみましょうか。

**町田**　ちょっといってみましょう。

（浅草寺の境内に出店がならんでいる。たこやき。お面。とうもろこし。なかにひとつ奇妙な店がある、町田それをながめ）

**町田**　あれ、数珠《じゅず》だよね。

**いしい**　数珠ですよ、そう、数珠。

**町田**　すごく適当というか、こんな場所で数珠売るなんて、いい加減だな。「東京」って常に街自体が緊張している、そんな状況のなかで、このあたりだけはなんというか、すごい無防備ですね。

**いしい**　ほら、町田さん。あそこにおばあさんがすわっている。

**町田**　ああ。あれ。前きたときもね、私もちょっと、なんかなと思っていたんですけど。

（ごくふつうのおばあさんの石像が台の上に正座している。名前は瓜生岩子《うりゅういわこ》。その根元に浮浪者風の老人が寝ている）

**いしい**　うわあ、おばあさんのすわっている下に、おじいさんが寝てたとは。

**町田**　おばあさん。顔がリアルだな。等身大ですね。

**いしい**　胸元にあるのは勲章ですか。

**町田**　そう。お医者さんらしい。

**いしい**　なんやサラ金の「本田ちよ」みたいですね。

**町田**　はあはあ、東銀座にある看板ね。けど、和服ですわってたらみんなこんなふうになる。うーん（歩さながら）、とはいうものの、こっちのほうは、やっぱり仲見世あたりと雰囲気ちがってきましたね。

（巨大な場外馬券売り場がみえてくる。道路脇に記念写真用の看板。助六《すけろく》と揚巻《あげまき》）

**町田**　いちおう、やっておきますか。

**いしい**　じゃあ町田さん、助六で。

（ふたり、看板のうしろにまわり顔をだす）

**町田**　なんかこれ、すごいあほにみえると思うんだけど。

**いしい**　けっこう姿勢くるしいですよね。

（浅草の六区へ。広い通りに、馬券をもとめるひとの群。パチンコ店にゲームセンター）

**いしい**　昔はこのあたり何十と映画館があって、芸能の中心だったんですね。（板の人形をゆびさし）七芸神っていって、唄《うた》の神、踊りの神とか、最近になって無理につくったみたいですけど。

**町田**　ここはスマートボールですね。ふうん、このへんも、仲見世みたいに観光をあてこんでいる、レトロを売ってますね。自意識のあるレトロだな。

**いしい**　ただそれが、完全に空舞いにおわっている。あれ、ひとだかりがしてますね。

**町田**　なんだろう。みにいってみよう。遠巻きに。

**いしい**　遠巻きに。

（六区の舗道に、白い長袖《ながそで》Tシャツ、ももひき姿の老人が倒れ伏している。巡査が四人。ざわざわと野次馬《やじうま》がとりかこんでいる）

**町田**　あれはおもてで寝ているわけじゃないね。飲み過ぎて救急車か。どっか悪いんでしょうか。

**いしい**　はだしに草履だ。ちょっとタバコでも買いにでたところ、つまずいたとか。

（しらないおじさんがふたりにいう。「あれは年中やってるんだ、なんだかんだと注意しても、すぐこうやって謝るわけ。年中十八番。それればかりやってる」）

**いしい**　はは、なんやら意味がわからないですね。

**町田**　酔いつぶれているのかな。

（「酔いつぶれるってより、もう足が動かねえから。はっは、うちの若いもんが注意してね、そこに座らせたんだけど、だめなン……。何度いっても。いうことときかないン……」）
**いしい**　あ、ほら。町田さん、やばそうですよ。
**町田**　ほんまや。
（同行カメラマンが巡査にかこまれている。勝手に老人の写真を撮っていると誤解された模様。いしいが割ってはいり、仕事中だと説く。
巡査「取材？　名刺かなんかもらえる？」
いしい「名刺ないです」
巡査「免許みせてくれればいいよ」
いしい「免許もないんですよ」
いしいが近所に住んでいるとわかるや、巡査は態度を一変させ、ああ、じゃ、もういいや、と引き下がる。倒れた老人をあごで示しながら、
巡査「このひとにもね、人権ってものがあるんだから。わかるでしょ。あんたらがいちばん大切にしなきゃいけないもんだ。ね、人権だよ」）
**町田**　だんだん野次馬がおおくなってきた。あっちいきましょう。
**いしい**　我々と巡査の悶着《もんちゃく》が、さわぎをおおきくしてたってことでしょうか。
**町田**　はは、完全にそうでしょうね。おおきくしていましたね。
**いしい**　それにしても、人権、人権、って。ずいぶん勘違いしてたなあ。

**町田**　人権派ポリス。まあ、人権って、こういうものだよね。

**いしい**　これぐらいのもんなんですよ。ちょっと煮込み屋みたいなとこはいってみましょうか。

**町田**　そうしよう。で、ちょっと対談でもしようか、って。はは。

（野外に煮込み鍋《なべ》のならぶ、初音《はつね》小路の屋台。競馬ファンがテレビモニターをにらみ生ビールをのんでいる。藤棚には枯れ木。ざわざわと日がさしこむ）

**町田**　いいね、ここ。パラダイス感がある。光が濃いよね。ここは前にもきたことがあって、そのときも実にパラダイスを感じたんですよ。なんというのか、空気が一変しますね、さっきのおばあさんを越えたあたりから。

**いしい**　浅草寺境内のひとって、浅草に観光にきてるわけです。でも、このあたりのひとたちって、毎週のように浅草にきてるんじゃないかと思います。そのぶん、こっちのほうが土着的。

**町田**　あっちの、仲見世とか人力車とか、七芸神みたいのって、実はなにも実体がないところになにかがあるふうに最初から決めているというか、表面だけつくってあとはなんにも考えないようにしてる感じがして……。

**いしい**　つくったノスタルジーですね。

**町田**　だからこそ、その根は逆に、悩みが深いような気がしましたけれど（初音小路をみまわし）、こっちのほうにくると、一見して、もう端的に「負けた」と。ははは。
**いしい**　そういうひとが、そのへんに転がっている。
**町田**　不如意というか、自分の思いどおりにはならないことをわかっていて、それで深いところではとても解放されているような気がするんですね。
**いしい**　ぼくが思うのは、悩むって、もともと、ある方向への欲求があるわけですよ。こうしたいとか、こうなりたいとか。ところが、その達成ラインと現状とがあまりにかけはなれていると、もう、悩みにもならないんじゃないか、と。
**町田**　なるほど。
**いしい**　もうちょい、私もうちょっと鼻が高かったらとか、うちのこども平均点あと二十点あがってくれたらいいのに……。そういうのはあるだろうけど、平均点七十点あげなきゃならないとしたら、もうあきらめてしまうんじゃないかと思うんです。
**町田**　高い目標でもうちょっと、ってのもあるし、低いところでもうちょっと、というのもあると思うんだけど。その「もうちょっと」が悩みの種だと。
**いしい**　フィクションの自分と現実とのあいだの「もうちょい」のギャップっていいますか。
**町田**　ぼくはね、一年間、人生相談をやってみてわかったのは、悩みというのはすべて基本的に、人間関係なんですね。対人関係がほとんどなんですよ。
**いしい**　へえ。

**町田**　ひとつあった悩みが、隣のひとが、犬の糞《ふん》を家の前に捨てていく。

**いしい**　わざわざ来て？

**町田**　わざわざ来て。で、どうしたらいいでしょうか、みたいなこと。犬の糞をひとの家の前に捨てるというのは、理屈で、善悪で考えたら誰がきいても悪いことでしょう？それが嘘やったら、話は別ですけど。

**いしい**　嘘やったら、またそれは別の意味でひどい。

**町田**　まあね、で、本当としたら、一刀両断にいえば終わりなんです。「やめろ」といいなさい、とか。ひとの家に迷惑かけたらあかんやん、って。ただ、そうじゃないんですね。きっと「やめろ」といえないなにかがそのひとにはあって、で、犬の糞を捨てられるがままになってしまう。たとえば、めちゃくちゃ酒のんでしまうひとがいて……。

**いしい**　さっきみたいに。

**町田**　倒れるまで酒のむのはやめろよ、って、いうたら簡単なんだけれど、それができない。問題としてはごくふつうで、わかりやすければそのぶん、逆に、クリアできない悩みっていうのがあると思うんです。それはたいがい、たがいの人間関係から発している。

**いしい**　じゃあ、ぼくの隣に、ごっついこわもてのひとが越してきた、しかもふたり。ラッシャー木村とアニマル浜口みたいのがきた、とします。

**町田**　ははは、古いけど。

**いしい**　このふたりが毎日交互に、犬の糞、猫の糞を捨てていく、って。これもなかなかこわくて「やめろ」っていいえないと思いますが。
**町田**　それは簡単ですよね。いしいさんが越せばいいんだから。
**いしい**　ああ、そうか。最初から相手とぼくに関係がないんだ……。
**町田**　本人と相手とのあいだに、それをいいだせない事情がある、これが悩みなんですよ。だから今日、仲見世でみた犬の写真あったでしょ、変な服着て、蜂の恰好《かっこう》させられた犬の写真。あの犬の悩み。
**いしい**　「蜂犬」の。
**町田**　あれがもう、人生相談やってきて、ぼくにとって、これまででいちばん印象深い悩みなんですよ。
**いしい**　ははは！
**町田**　蜂犬の悩みはね、「おれがなんで蜂の恰好せんなあかんねん」という悩みではなくて……あのしょんぼりした顔が、たしかになにかを物語っている。
**いしい**　うん、だからあの犬も、飼い主との関係において悩んでたわけか。
**町田**　もともと自分から蜂の恰好したかったわけじゃないんです。ただ、させられた以上、ちょっとくらい笑ってくれたり、「ええやん、それ」とかいってほしかったんですけれど……。
**いしい**　「ぶ――ん」とかね。
**町田**　ぶ――んとか、はは、いってほしいと思ってたんだけど、じっとみられたあとに

「ぜんぜんかわいくないな、これ」とかいわれて。

**いしい**　うわあ。

**町田**　「しょうがない、写真でも撮っておくか」なんていわれちゃって。

**いしい**　うーん。それは悩ましいなあ。蜂犬ねえ。それとも町田さん、あれ、忠犬「はち」ってつもりじゃないのかな。

**町田**　ああ、深いところでは……。

**いしい**　ね、無意識下で。そうじゃないと、犬と蜂って容易には結びつかんでしょう。思いだしたんですが、あの犬衣装は、うさぎのバージョンもあるんです。

**町田**　え、まだ、ほかにもあるのか。

**いしい**　上にのっているわけですよ、犬の背中に、ひらぺたいうさぎが（絵をかく）。

**町田**　あ、こういう状態で、二人羽織のように。ひどいな、犬は立場がない。

**いしい**　実際にこれみたとき、思ったんです、飼い主は内心、うさぎを飼いたかったんじゃないか。

**町田**　うさぎと犬と両方飼いたかったけど、そこまでの財力はなかったので、リバーシブルに……。

**いしい**　リバーシブル！

**町田**　ははは、そういうのはリバーシブルとはいわないか。一石二鳥、でもないか。ははは。ほんとに裏がえしたら腸やらなんやらでてきますからね。

いしい　モツになりますね。

町田　なんにせよ蜂犬の悩みは深い。

（さらに煮込み屋台で。ふたりビールをのみながら）

いしい　ぼくのしりあいに、こじきのおじいさんがいましてね。

町田　ああ、前に毛布をもってってあげたっていう……。

いしい　そうです。もともと島根の坊主。ふたりでこの飲み屋にもきたことがあって、インテリを自認してまして、酔っぱらうと、おでんのタネをつかって曼陀羅《まんだら》の解説をはじめるんですよ。テーブルの上に大根とかこんにゃくならべて「この台が空《くう》ということだな」「この大根が大日如来とせよ」。でもすぐさま、店のおばちゃんからこっぴどくしかられてしまって、「はやく食べな」「店よごすな」「うちのおでんをおもちゃにするんじゃないって」。

町田　ははは、それはまったく、ほんと意味がないですね。

いしい　坊主こじき。「しもだ先生」とか呼ばれて。

町田　その業界では、有名なかただったんだな。

いしい　この先生がいってたのが、生活相談とか区役所のひとがしょっちゅう自分のとこにきて、なんだか相談してほしそうにするんだけど……。

町田　ははは。してほしそうにね。

**いしい**　「けどおれはさ、結局いいたいことっていうと、金くれよ、だけなんだよな」って。「金くれればいいのになあ〜」と、こういうわけですよ。

**町田**　うん、金がないってのは別に悩みじゃないんですよ。悩みって、なにかやりたいことにつながっているわけで、つまり、なんかをやりたいと思うからやれないことがでてきて、それで悩みが生じるんであって、その「しもだ先生」みたいになにもやりたくなければ、特別なんの悩みも生じないと。

**いしい**　こじきって、基本的に全員なまけものなんですね。どうしてこじきになっていくかというと、やりたくない、めんどうだな、って、いろんなものをどんどん捨てていって……。

**町田**　消去法でやっていくわけね。

**いしい**　いまは自分が、こじきなんか、ホームレスなんか、って、そういう自意識もないんじゃないですかね。ただ、ぽかんと、酔ったようになっている。

**町田**　そういう意味では、相手との人間関係で悩むうえで、自分に対する興味、執着があって、それがうまく伝わらない、伝えられない、というときに悩みがでてくる。ただね、その自意識が、自分の内側だけでぐるぐるまわってるのは、これは悩みじゃないと思うんです。

**いしい**　口内炎ができて痛い、とかですか。

**町田**　それもそうだろうけど、例えば小説を書いている状況っていうのは……。

**いしい**　ああ、そりゃ悩みは薄い。

**町田**　こんなこと他人にいうたら殴られますよね。「おい、ちょっと折り入って話があんねん」と。「俺な、小説書いてんねんけど、うまいこといかへんねん」。あほ、お前自分でやれ、いうことですよ。やはり「悩む」というのは相手があってはじめて生じることで、それも、相手が自分の思い通りにならないというんではなくて、相手に自分がどう映っているか、どういう印象を与えているか、ってことを非常に悩むんじゃないかと思うんです。でも、そういうことを考えてしまうのがたぶん人間ってもんで、考えたくない場合どうするかというと、ずっと曼陀羅を作っているとか、ずっと喧嘩《けんか》について考えているとか、あるいは酒飲んで意識なくしていくとか……。

**いしい**　倒れるまで。

**町田**　そういうことやと思うんですよ。だから、この初音小路に漂っている幸福感というのは、悩みのなさっていうのは、自意識をこの瞬間、麻痺《まひ》させているひとが多いからやないかな。

**いしい**　うん、忘れていますよね、忘我というか。

**町田**　ただ、そこから何か生まれてくるかというと、実際なにも生まれないんで。人間って生産性がないと、生きていかれへんところがあるでしょう。あとで覚醒《かくせい》したら、また悩みの種というのがおおきなツケになって帰ってくんのかなと。だから絶対、覚醒したくない。僕なんかもそうなんです、ずーっと酔っぱらっていたい、ずーっと小説書いて、ずーっと歌っていたいとか、そういう部分があるんですね。あれ？（録音機の電池を調べる）なんでこんなすぐバッテリーが。フルチャージしてきたのに……。

**いしい**　ここの空気がそうさせるんじゃないですか。

**町田**　そうですね。バッテリーすら消耗させる。

（場外馬券売り場からファンファーレがひびく。陽は西に傾きはじめている。ふたりはまだ煮込み屋台に座っている）

**いしい**　すぐそこにね、浅草観音温泉、って温泉があるんですよ。

**町田**　ああ（藤棚の先をみあげ）、あのタイルの。

**いしい**　そこがおもしろい場所で、まず、あがったところにすぐ古い木馬がおいてあって、なんだろうなと思いながらはいっていくと、脱衣所の木のロッカーに貼り紙がしてあって、「最近、ロッカーから金銭の盗難が増えております。皆さん気をつけましょう。通報してくれたかたには一万円さしあげます」。ふうん、そうなんか、って何気なく横を見ると、別の紙が貼ってあって、乱れた字で、「今度やったやつ、みつけたら、ぶちころしてやる」って。

**町田**　ははは、いいですねえ。

**いしい**　途中で無性に腹が立ってきたのか、激昂《げっこう》してしまって、つい書かずにいられなかったのかどうか。なかの、温泉自体もね、お湯がめっちゃくちゃに熱くて誰もはいれず、おじいさんたちが洗い場で「気をつけ」の姿勢で横たわっていました。なんだか「地獄あるいはパラダイス」って感じだった。

**町田**　そういうところで、自意識は薄いですね。

**いしい**　そうです。薄いですね。

**町田**　大阪の新世界にいたとき、僕もそういう変な状況いっぱい見ましたけど、そういうのから離れて人間が洗練されてくると、ひとの匂いがじょじょに弱くなっていく反面、自意識が濃くなっていくような気がするんですね。浅草でも、にぎやかな観光場所では、自意識のあるスマートボール。自意識のある人力車。

**いしい**　洗練かどうかはわからないけど、レトロ商売って、自意識は濃いですね。

**町田**　みんながその自意識によりかかって、それで「東京」を成してるというか。そこには戦いなんてない。たとえば太宰治《だざいおさむ》なんか、あのひとは自意識が非常に強いでしょう、でも、戦ってるとは思う。

**いしい**　途中から自意識ころがして遊んでいるようなとこありますね。で、またその「ころがしている」ってことに自覚的だから、けっしてその自意識を、こっちのほうへボウリングのボールみたいにぶっつけてくることはないでしょう。

**町田**　小説ってそもそも、書いてる自分は安全なところにいて、自意識を作品のなかであっちへこっちへころがしたり、あいつへぶつけたりこいつへぶつけたり、さも深刻なことをやってるみたいなのありますけど、太宰は、それを結局、最後には自分に返してしまうっていうところが、信頼できますね。

**いしい**　その点、安心して読めます。

**町田**　さんざ他人をばかにしておいて、最後、俺がいちばんあほやった、みたいな。

(向かいの屋台をちらとみて）あのおばさん、なんでしょうね。

**いしい**　気になってましたか。傘、背中にさしたおばさん。前に座ったおっさんらとはおそらく他人でしょう。なのに話に参加してる「ふり」というか、さっきからずっとうなずきっぱなしで。

**町田**　うーん……この場所の人間関係は、悩みをうまないような気がする。これだけストーリーのある顔ってないでしょう、例えば銀座とかには。

**いしい**　青山や渋谷《しぶや》のあたりってね、空気が薄くて、僕なんか、海の魚が淡水に放されたような感じに陥るんです。

**町田**　わかるなあ。人間の生々しさみたいのが減っているよね。

**いしい**　ただ、そういうのが鬱陶《うっとう》しいって感じるのも理解できるんだけど、なんだかみんな同じような顔して、同じようなことしか言わないし……。

**町田**　いうなれば、人間をどんどん架空化していく、フィクション化していくという感じね。テレビにでてくるひとって、そういう風に作ってるでしょ。美人とかおしゃれとか、みんなフィクションとして作られているから。また、そういうのに中毒しちゃうと、実際のひとを直視できない。で、その逆の悩みっていうのがまた、多いんですね。

**いしい**　逆っていうと？

**町田**　なぜ私はこんなにフィクショナルじゃないんだろう、と。

**いしい**　ああ、なるほどね。ただね、なぜ私はこんなに、って気づくリアリティがまだ残ってるひとって、僕にとってはおもしろいんですけど。

**町田**　そうですね。やっかいなのは、それに悩んでること自体に気づいてないひと。

**いしい**　そういうひとがラッセンの絵を買ってしまったりするんでしょう。

**町田**　ラッセンの絵って、なんか変なあれ……海にたこ？

**いしい**　たこやなくて、いるかですね。いるかとかくじらとか。

**町田**　それってけっこう笑っちゃいますよね。笑っちゃうというか、むかむかしてきますね。

**いしい**　そう、むかむかします。浅草の大通りに「相田みつを美術館」みたいのがあってね。自意識の切り売り、言葉の不動産屋。ああいうのに頼ってしまうって、非常にむかむかするんです。

**町田**　僕もそれは思ってて、ああいうのの裏返しバージョンを作ったろ、と考えたことがあってね。なんせとにかく絶望的な言葉ばっかり集めて、「あしたは暗黒だ」とか。

**いしい**　いいですねえ。

**町田**　でも絵がうまく描けなかった。絵というか字もうまく書けへんし。それに、三つくらい考えてるうちに、なんか自分がどんどん落ち込んできて。

**いしい**　ははは。ほかにどんなのが？

**町田**　なんか忘れたけどなあ、「あなたに未来は絶対にない」。君がいまその木の枝を離して落ちたら、下に釘《くぎ》が立っていて足を踏み抜くだろう、とか。

**いしい**　なるほどね、ちょっと象徴性をもたせて。

**町田**　ちょっとスナップきかせて。

（競馬の最終レース。テレビ中継をみている酔客から「いけ」「まがれ」などと歓声があがる）

**いしい**　競馬ってやったことあります？

**町田**　うん。取材でやったな。ぜったい勝てるわけないと思いながらやったら、ほんまめためたに負けたけど。

**いしい**　賭《か》け事って要するに、楽して儲《もう》けたいということですかね。

**町田**　ズバリそのものでしょう。ただ、的中したときの感激みたいなのも多少あるんやないかな。

**いしい**　僕はね、やっぱり、ものすごいくだらないことのために、お金を捨てている快楽ってのがあるように思うんですが。

**町田**　それはね、逆やないかな。自分が普段やってることが、すごくくだらないから、そのことで儲けた金を捨て去ることによって、自分を「てこの原理」で浮上させたい。だから、儲けた金を大事にもってしまうと、すごくくだらないことに自分が負けてしまってる気がしてくる。

**いしい**　次回、丸の内にいって、日本の景気対策を論じるときにくわしく話しますが、ぼくはお金ってお札、「おふだ」にちがいないっていう自説がありまして。

**町田**　前にもきいたね、それ。

**いしい**　お金を払う、つまり「おはらい」。お金を得るためにしたこと、欲、そういうなにかをふりはらいたいがために、身のまわりの財産を殖やすというより、純粋に、お金を捨てようとする。えい、捨てたれ、えい、って。みんな結局、死ぬまでそれをやっているんじゃないかという……。

**町田**　そういう意味では、お金は対人関係のなかで、悩みを生じさせるきっかけにはなるよね。日々、自分のなかに浸食してくるなにかがあるわけやから、常に塩まくみたいにやりつづけんと。

**いしい**　地獄からオルフェウスが逃げるときみたいに。

**町田**　そういう映画があったらおもしろいね。われわれも、イザナギノミコトもそうだし。

**いしい**　イザナギもそうですね。

**町田**　どんどん、自分にくっついているものを捨てていくとか、コメディで作ったらおもしろいかもしれない。

**いしい** 大富豪が、あるとき、はたと「わしはなんのためにお金をためていたのじゃ」って、すごく微細なことにこだわりはじめてね。

**町田** ははははは。

**いしい** ぜんぜんボランティアとかじゃなくて。突然、つねにお金をまきつづけるようになる。

**町田** コメディにするためには、その金がすごく世の中に役立ってしまって、ますます社会との関係が強まってしまう。

**いしい** 「いやじゃー！ ほっといてくれー！」って。つまりね、お金がないというのは結局、悩みたり得ないという……。

**町田** うん、それは一件もなかったね。お金がありません、どうしましょうって悩みは一件もなかったです。

**いしい** はがき代が……。

**町田** はは、もったいない。

**いしい** 昨日、強烈に貧乏なひとの話をきいたんですよ。僕の友人の実家に、コレクトコールで電話をかけてきたというんです、「すいません、おなかが減って減って、なにか食べさせてくれませんか」って。お母さんがすごく親切なひとで「すぐいらっしゃい！ すぐいらっしゃい！」。でも、三日経っても四日経っても、こないんですよ、彼が。どうしたんだ、死んだんじゃないか、って、その友人が彼のアパートにいってみた。鍵《かぎ》があいていたんでなかにはいると、その彼、水道の蛇口からホースのばして、メーターがあがらないよう蛇口をわずかにひらいて、ぽちょ、ぽちょ、と滴るしずくを飲んでいたんですって。

**町田**　ははは！　寝ころんでね。

**いしい**　そんなんやったら、公園とかいって水くんでくりゃいいのに、そういったら、そんな体力もない。立てない、って。

**町田**　でもその細工を考えつくって、ははは！

**いしい**　なかなか壮絶なセンスの持ち主だな、って思って。

**町田**　すごいな、そのひと。彼は悩みないでしょうねえ。

**いしい**　なんか劇団にはいってて、思うような役がもらえないそうで。

**町田**　それは悩みかもしれない。ただ、生きていくということは悩みにはならない。

**いしい**　ここまでできるんだったらね。

**町田**　さっきの小説の話もそうだけど、「腹減ったのが悩みです」そんなのはないですね。

**いしい**　親しいひとが変わっちゃったとか、やっぱり自意識と他人との……。

**町田**　それが悩みでしょうね。それから、そういう悩みとは別に、いわゆる劣等感、コンプレックスとかって、ちょっと質のちがうもんかもしれん。それに加えて、単なる困難とか困惑というか。この三つはそれぞれちがうんやないかな。

**いしい**　コンプレックスと悩みと「困ったな」、か。悩みってのが、他人と自意識とがぐじゃっと混ざっているとするなら、コンプレックスは自己完結しているわけでしょうね。

「困ったな」というのは、自分はなんにもしないのに、向こうが勝手にずんずん、ずんずんやってくると。話きいてておもしろいのは、やっぱり、向こうがずんずんくるほうですね。

**町田**　そうそう。困惑。ホースの水。このあたりに横溢《おういつ》している幸福感というのは、たぶん、当人はなにも気づいていないのに、まわりにずんずん暗い影がさしせまっていて、でも誰もなんにも気にしちゃいない……。

**いしい**　なにか別のことに浸っていますね。

**町田**　それが幸福感なのかもね。アムステルダムのジャンキー公園って、こういう感じなんですか？

**いしい**　いや、実のところもっと絶望がむきだしで。

**町田**　というと。

**いしい**　公と個がくっきりわけられているわけです。大麻吸うのは、だいたい室内、家のなかかコーヒーショップで、おもてでやっているひとはほんと少ない。それにまた、ヘヴィーなドラッグにはまったほんまもんのジャンキーは、「マザドン地区」ってところに隔離されて住んでいて、そこでは代替ヘロインのマザドンなるものを公的に支給している。それに行列ができてて、みんなその横で、夢幻の境地、灰色の桃源郷に遊んでいる、という。

**町田**　絶望的なんですね、それだけ個人があからさまになってるというのは。

**いしい**　個人がむきだしなんです。そういう場所で、公と私の中間をひょいひょい飛べる、っていうのは、そいつらの意識はすごく強靭《きょうじん》なんだと思いますね。
**町田**　日本人って、自分と他人との区別すらついてないところあるでしょう。
**いしい**　うんうん。「われら」という。
**町田**　これはすごくいいことと思いますけど。
**いしい**　そうですね、ぼくと町田さんも、この店にすわった瞬間、「われら」になっていますから。初音小路の「われら」。
**町田**　なのにひとりずつ顔がちがう。ここはほんと、パラダイスですね。そろそろいきましょうか。
**いしい**　あ、競馬も終わったようですよ。

（浅草六区。ぞろぞろとひとごみがいく。レースカフェ・ロンシャンの前で、ふたり立ち止まる。おおきな石膏《せっこう》の馬が立っている）
**いしい**　ひどいですねえ。この馬。ぼこぼこに蹴《け》られて。
**町田**　ああ、穴があいている。はは。さっきより破損が進んでいる。
**いしい**　しかも穴のなかにごみが。
**町田**　競馬に負けた客が、馬に当たるんでしょうな。しかしこれ、なんのために置いてあるんですかね。

**いしい**　レースカフェ・ロンシャンの看板がわりだったんじゃないですか。

**町田**　なあるほど。競馬関係のカフェだから、負けてはいってくるひとが「コラ！」と。

**いしい**　たぶん店自体もかなりつぶされたはずですよ。だからほら、店名が「レースカフェ・ロンシャン　パートII」。

**町田**　あっ（ロンシャンの裏手に歩きながら）、ちょっといいですか、いしい君。あの「チャイナドレス専門店」というのはなんだろう。

**いしい**　ああ、その二階の。

**町田**　チャイナ、チャイナ（うたいながらみあげている）。

**いしい**　町田さん、ほら、「え」って。

**町田**　なになに？

**いしい**　貼り紙。「二階へ」じゃなくて「二階え」。

**町田**　うーん。すばらしい。なにか、ひとへメッセージを伝達しようという気持ちが実によく伝わってきますね。

**いしい**　「ひとえ」。

**町田**　そう！　だから、ストレートにこっちも嬉《うれ》しい。さっきの屋台もね。ただ飲んでくれと。入り浸りそうやな。

**いしい**　とにかくお客さん、ふりむいてください、よかったらみていってください、それだけですね。おしゃれを演出してとか、くつろぎの空間がなんちゃらとか、ぜんぜん関係ない。
町田　ないね。自分がどうしたいとかないしね、自意識が。
いしい　儲《もう》けたいとか。
町田　儲けたいとか、なんやそれすらも希薄な感じするなあ。

（六区を進みながら）
いしい　わあ、細いズボンだなあ。
町田　はは、細いですね。ここは何？　新しい演芸場？
いしい　フランス座がなくなって、東洋館という演芸場になったんです。
町田　へえ。演芸場なんて、つぶれるのはきいたことあるけど、またできるっていうのは……。

（一階の浅草演芸ホール。出演者の顔ぶれをながめ）
町田　ううっ、て涙がでるようなラインナップやね。このチラシみてても。
いしい　マジックの北見マキとかね。ゆるゆるな、こなれた芸。
町田　そうそう、あのよさ。
いしい　老人には肉悪いんですよみたいな。
町田　こっち見んといてくれ、みたいな。
いしい　「じゃ、手伝ってもらいましょう」とかいってロープ渡されたりしてね。

**町田**　（商業ビルの前で）ごっついな。あのウルトラマンは、なんで下を向いてるのかな。
**いしい**　ウルトラ、というより、あれはミトラだから。
**町田**　はあ、ミトラですか。それはいしい君、嘘でしょう。
**いしい**　足元に集まるこじきのおじさんに慈悲をかけているから。
**町田**　（屋内競技場をのぞきこみ）あ、これはなんだろう。うん、サッカーのようで……。
**いしい**　うーん。サッカーにしては、いやに狭いですね。
**町田**　なんだか特殊な感じだな。ミゼットサッカーなのかな。
**いしい**　そんなあほな。やってるの、だれも、ミゼットじゃないのに。
**町田**　芝居の練習かもしれない。サッカー芝居。
（うしろからカメラマンが声をかけてくる。「あれはフットサルというもので、自分もやったことがあります」）
**町田**　えーっ。やったことある？　はは、コメント不能やな。
**いしい**　建物のなかで、なんだかのんびりしていますね。これはサロンだな。サロンサッカー。
**町田**　いいなあ、それ、サロンサッカー。
**いしい**　サロンバスケとか。

町田　サロン相撲とか、ははははは。サロンってことばはいいね。
いしい　いいですよね。
町田　サロンパンク。ふつうか。サロン焼売《しゅうまい》。いやだな。はは。
いしい　サロン寿司《ずし》。
町田　食いたないな。
いしい　こわいですね、サロン寿司は。
町田　サロン海老《えび》チリ。
いしい　サロン虫干し。
（サロンサロンいいながらふたり歩きつづける）

（川沿いの隅田公園へ向かう。夕陽が河面《かわも》を照らしている。ぶんちゃかちゃんりんと音楽がきこえてくる。老人が三人、地べたに座って、小太鼓、ハーモニカ、タンバリンで軍歌を演奏している）
町田　おおっ、ストリートミュージシャン。傷痍《しょうい》軍人？　そんな歳やないか。
いしい　身に傷痍はしてないけど、ひょっとしてどっか心に傷痍を。
（黙々と演奏する三人。その脇におばさんがひとり。少ない聴衆からぱらぱらと手拍子が起きる）
町田　これはなんのために演奏しているんだろう。

**いしい**　朝から晩まで、趣味ででしょう。

**町田**　金を集めるとかじゃなくて？

**いしい**　お金は二の次みたいですよ。いつもいるのは、ハーモニカと太鼓のおっさんふたりだけなんです。女のひととはどっちかと関係があるのかな。

**町田**　ありそうだね。たぶんグルーピーだったんだよ。で、そのうち「お前もどう、一緒にすわれよ」ってことになって。

**いしい**　ハーモニカ、ハモってますね。

**町田**　うん、低音と上とメロディーと。

**いしい**　ちゃんと固定ファンがいるのか。

（軍歌おわる。力強い拍手。「南国土佐を後にして」がはじまる）

**町田**　素晴らしーい！　素晴らしすぎる！

**いしい**　ね。ああなってきたら、多少テンポがずれようが、音程が狂おうが……。

**町田**　関係ないね。

**いしい**　すごい説得力のある演奏。

**町田**　なんだか、映画の撮影のためにわざわざ連れてきたみたいな。このロケーションとあいまって、すごいな、フェリーニみたいやね。

**いしい**　天気がいいのが、また。

**町田**　やっぱり河原ってどこか禍々《まがまが》しいね。

（歩き出し、水面近くにつくられた遊歩道におりる。青いビニールが張られたホームレス住宅が並んでいる）

**町田**　このへんは花見スポット？　幕がかかっている。

**いしい**　早慶レガッタというのがあったんですよ。

**町田**　ああ、ああいう腐ったやつね。

**いしい**　はは、腐った……。それに昨日、流鏑馬《やぶさめ》をやっていたんです。

**町田**　やぶさめ？　あの、馬から矢を射る？

**いしい**　あれもね、腐ったっていうより、いまどんなことに流鏑馬の技術が必要だというのか。

**町田**　ははははは、なぜやらんならんのか。やっぱり俺ら流鏑馬やってなあかんよな、とかいうてんのかな。その総会とか。

**いしい**　「会長、僕もう流鏑馬なんて意味がないと思うんですが」「なにをいうんだね君、ことは流鏑馬だよ！」

**町田**　ははは、PRも考えなきゃ、とかって。

**いしい**　ローマ字で「YABUSAME」って書いてみたりして。

**町田**　ビートストリートとおんなじだね。

**いしい**　J流鏑馬。

**町田**　っていうとジャブサメ。水かさはいっつもこんな感じ？　なんか知らんけどずいぶん増えているような。

いしい　ああ、レガッタのせいじゃないですか。

町田　なるほど。放流したのか、上流から。

いしい　そうですよ、きっとレガッタ用に。盛り土するみたいに。

（遊歩道をすすむふたり）

町田　川のにおい、なつかしいなあ。俺、大和《やまと》川近かったから。

いしい　大和川ね、あそこ、いろんなもん流れてきましたね。

町田　豚とかな。いしい君は真北に住んでいたのか。僕も住吉《すみよし》区なんやけど。

いしい　流れてくる豚、足六本あるとかいわれていましたね。そういうんだけ、選《よ》って捨ててあるんやとか。

町田　よう、あんなところで遊んでいたな、きったねえ。ああ（ビニールハウスを前に）、いよいよブルー街道。

いしい　そこの家に、いれてもらったことがあるんですけど。正面にテレビくらいの木の扉があって、そこに鍵《かぎ》がついてるんです。

町田　セキュリティ万全。でもこんなうちに鍵つけてもな。意味ないよな。

いしい　けっとばしたら全壊しますからね。

町田　「口ほどにもないのう」って。抽象的な鍵っちゅうの？

**いしい**　ただね、その分、鍵の強さみたいのをすごく感じたんですよ。

**町田**　いやしかし、どの家もすごいね。あれなんか完璧《かんぺき》やな、ほら、縁側というか、床下があるやん。

**いしい**　ここ数年の進歩はすさまじいですね。もと技師というのか、作ってくれるやつがいて、そいつに頼むんですよ。

**町田**　これはすごい！　長屋形式になってる！（入り口の両脇に別棟がつくられている）ああ、なんだか落書きがしてあるな。（公園の標識に書かれた落書きを読み上げる）ええと、「ここでテントにはいってるプータロー、仕事なんかもつなよ、ただのタコべやだぞ、気をつけろ」。

**いしい**　すごい親切なひとがいたんですね。わざわざ注意してくれて。

**町田**　そうだね。ええ仕事あんで、とかいわれてついていくと、えらい目にあわされると。西日がけっこうきついね。

**いしい**　ある種このひとたちは、水面ぎりぎりに住んでいるという……。

**町田**　ああ、なるほど。

**いしい**　人の目線より明らかに低い位置に住んでいるわけですね。

**町田**　こういう場所では悩みはないだろうな。あるとしたら、からだがだんだん衰弱していくのをどうしよう、とか、病気やとか。

**いしい**　それを悩みとは表現しないんじゃないですか。「すごい困ったことが起きたんだよ」と。

**町田**　そうですね、さっきでいう困難、困惑やね。うれしいことのほうが多いんとちゃうかな。日々、生活が改善していけるわけだから。少しずつ。ドアつけたり、鍵がついたり。

**いしい**　うわーい、俺のうちに直角の角ができた、とか。（どこかのうちから「よおー、バケツにいれて洗ってこい」と声がする）なに酔っぱらっているんでしょう。

**町田**　酔っぱらってないとやってられんというか。ずっと酔っぱらってもいられるというか、ここには、そういう悩みのなさもありますね。

**いしい**　あ、ここでは小鳥飼うてますね。

**町田**　セキセイインコ。窓もついてる。窓付きという新しいバージョン。

（遊歩道から隅田公園にあがる。自転車が猛スピードでやってきてふたりの脇をとおりすぎる）

**町田**　浅草近辺で自転車に乗ってるひとって、ひとがどくことを前提に疾走してくる傾向ないですか。

**いしい**　はははは。

**町田**　ブレーキってえものを、ちょいと、忘れてねえかい。

**いしい**　老境にはいってくると、歩くようなスピードで自転車乗るひとも多いです。

町田　余計力がいるだろうに。
いしい　すっごい上手なんですよ、のろのろレースみたいで。
町田　このあたりずっと白い幕が張ってあるのはなんだろう。
いしい　だから流鏑馬ですよ。
町田　ああ、そのふざけたあれか。やめればいいのにね、って、好きでやっているんだから、俺がとやかくいうことないけどさ。ただ、なんか得意そうに流鏑馬やられるとさ……。
いしい　ただ、つまらなさそうにやられても気分悪いっちゅうか。
町田　長いなあ（歩きながら）。じつに長いですな、この流鏑馬コース。
いしい　馬がかつかつ走ったあとが。
町田　砂まいてな。けっこうな予算やで、これ。
いしい　流鏑馬に血税が使われるかと思うと。
町田　血税なのかな、これ。
いしい　そうじゃないのかな。
町田　だめだよ、はは。血税で？　そりゃあてんでだめだ。
いしい　台東区《たいとう》は流鏑馬とか、お祭とか力いれていますね。
町田　祭っていうのは、なんとなく人民のカタルシスに関係していると思うけど、流鏑馬っていうのはさ、なんか、やっている本人だけ。そらお前はおもろいやろ、みたいな。

**いしい**　流鏑馬やってる本人おもろいのかな。
**町田**　おもろいでしょう、馬乗って走ったら、そりゃおもろいでしょう。
**いしい**　そうかあ、みんなまわりで喝采《かっさい》されてね。
**町田**　暴走族となんら変わらんやんけ。
**いしい**　変わらんのかな。
**町田**　やっていることはそうでしょう。群衆に囲まれて、目立ちたいというか。
（浅草駅のほうへ歩きだす）
**いしい**　流鏑馬では、的に矢を当てるっていう作業があるでしょう。あれ、全部はずしてしまったら、いたたまれないでしょうね。
**町田**　そうですね。
**いしい**　そのへん、暴走族のほうが、楽っちゃ楽。
**町田**　うん、そしたら暴走族が馬に乗ればいいのかという話だよね。
**いしい**　え？　暴走族は、オートバイ運転しながらなんかやってみい、ということじゃないんですか。矢をうつとか、槍《やり》ほうるとか。
**町田**　それって、すごくやばいじゃない？
**いしい**　え？
**町田**　いちおう公道だからね。
**いしい**　ああ、そうか。

町田　だからオートバイを馬にかえたらいい。
いしい　馬って走れるのかな、公道を。
町田　あかんことはないでしょ、昔は誰もが使っとったわけやから。
いしい　そうですね、なんかいわれても、「これはペットだ」みたいなことで。昨今は道ばたで、牛みたいなごっつい犬連れてるひともおおぜいいるし。
町田　いちおう、赤で止まれとかさえ守ってたらいい。動力的にも、いちおう「エコ」やし。
いしい　あるいは、「これ『盲導馬』なんで」……。
町田　モウドウバ！　はははっはっ！
いしい　私、目がみえませんので、こいつしかわかってくれないと。
町田　それいいね。盲導馬。都内やったらけっこうどこでもいけるしね。
いしい　バリアフリーですからね。「犬だけか！　犬ならばいいのか！　馬も犬もバリアフリーだ！」
町田　いいね、素晴らしい。バリアフリー。ああ、そろそろ公園の出口だ。もうしばらく対談つづけようか。「どうですか、いしいさん、今日は」とかいって。
いしい　「いやはや、いいお天気ですな」
町田　「外国がお好きなんでしたっけ」
いしい　「ええ、わたくし、デビュー作が実はオランダの大麻事情で」

町田　「僕あねえ」とか。ふふ、「僕は盲導馬が好きなんです」
いしい　「モルドバ？」
町田　「ああ、そうそうそう」はは、話が合ってきたよ。
いしい　「モルドバといえば、先週グルジアにいきましたが……」
町田　いうてへん、誰もそんなことぜんぜんいうてへんて。あ、さっきのストリートミュージシャン、まだいますね。（三人の合奏がつづいている。ただ、すわる場所が、さきほどとは少しずれている）あっ、位置が微妙に。かすかに日向《ひなた》のほうへ。
いしい　ははは、日向へ日向へ。
町田　はは、ほらほら、寝ちゃってるひとも。
いしい　日の当たる場所に。きもちよさそう。
（ハーモニカとシンバル、小太鼓が高まる。ききおぼえのないメロディー）
町田　なあんの自意識もないレトロですね。
いしい　そうですね。
町田　ライブって普通、終わってから打ち上げとか、みてたやつが来て「今日よかったよ」とかいうのがあるんだけど、このひとらは、絶対そんなのないやろね。終わったら黙って楽器片づけて「じゃ」って。日向がなくなると同時にみんなちりぢりになって。
いしい　互いの名前もあだ名でしかわかってなかったり。
町田　ふふふ。そうだね（歩きだしながら）、うーん、それにしても、あれはすごいな、ちょっとできないなあれは。

**いしい**　できるできない、ってより、なんか知らんうちに。

**町田**　うん、やっちゃってたって感じだね。

**いしい**　日向を求めて少しずつずれていくみたいに。

半びとりのひとびと

（午後の丸の内。晴れてはいるものの風が強い。東京駅から大手町方面へ向けて町田、いしいのふたりは、とぼとぼと歩いている）

**町田**　サラリーマンの経験が、僕にはないんですけど、昼休みの光景ってなんかいいなと思っていましたね。オフィスからこう、ランチ食べに、連れ立っていく……。

**いしい**　みんな背広ぬいで。

**町田**　そう、あったかいと背広をぬいで、なんだか非常にだらしない毛糸のチョッキとか着ていたり。ぶらぶらというか、すごい楽しそうにみえて、あのためだけに一度、サラリーマンやってみたい。

**いしい**　あの時間、昼休みの一時間というのは、みんな素にもどっているわけです。数分前までは会社の専門用語で、営業の数字だとか経理の苦情とか喋《しゃべ》っているわけだけれど、いったん昼休みになれば、きのう野球がどうやったとか、飼っていたうさぎが死んでしもたとか、自由にそんなはなしができる。

**町田**　油断してるわけや、会社の外では。

**いしい**　ただ会社のなかでも油断っちゅうか、ぶらぶらな光景はあって、三時頃になぜかOLがお菓子をもちだすんですよ。ティッシュペーパーにそのお菓子を包んで。

**町田**　配るんだ。

**いしい**　東鳩キャラメルコーン、カール、おせんべい。ひとりずつこう（指でひねるしぐさ）。なぜ会社でお菓子なのか、まったく意味がわからないですけど、その時間が僕は好きでしたね。仕事と関係ないのになぜか会社っぽい。

**町田**　「仕事」っていうのもね、なにをもって仕事というのか曖昧《あいまい》なところがあるよね。

**いしい**　僕はですね、会社に所属するってことがまず大目的としてあって、会社員でいること、いつづけることの条件のひとつとして「働く」ってのがあるんじゃないか、と。

**町田**　つまり、ただ所属するだけではなんやから、ちょっと仕事でもしてみようか、って。ははは。ほんまに？

**いしい**　会社にいるための、それはわりと順位の高い条件だとは思うけれど、第一条件ではないような気がする。仕事だけやって、ぜんぜん喋らない。まわりにガンガンひじうちをくらわして、「ちょっといい加減にしてよ」いわれても、一心に働くような、そんなやつはたぶんくびになるでしょう。

**町田**　うん、ほかにどんな条件があるかな……会社にくるときはなるべく和服を着てこない……。

**いしい**　下《げ》駄《た》は禁止。

**町田**　ちょんまげは結わない。うん、やっぱり、人間関係をこわさないってことが優先されるんだな。利潤追求のために企業があるとかいうよね、それは一面そうなのかもしれないけれど、働く側からすれば、自分という存在を受け入れてくれる場所がここにあるというか……。

**いしい** そういう「安心機構」みたいな部分って、実はおおきいと思います。利潤の追求だなんて、あつまっちゃったから、誰かがいいださないといけなかったんじゃないのか。
**町田** 所属ってことでいうと、会社とはちょっとちがうんだけど……。
**いしい** なんですか？
**町田** テレビをみていてね、清水次郎長一家の人間関係って、外からみていると変な感じでね。
**いしい** なんとなくホモっぽくて。
**町田** 石松に、大政《おおまさ》、小政《こまさ》……。
**町田** 自分たち同士で顔みあわせて、「俺たちってあれだよな」なんてにやにや笑ってるんだけど、外からすればぜんぜんわからへん。「あれ」ってなんや、と。でも奴らは「俺たちはあれだよ、な」。なんだか無言のままそういいあっているようにみえて、非常に気味が悪いわけですよ。
**いしい** ことば、っていう点では、まず、大阪出身も九州出身も、すごい勢いで方言をなくしていきますね。その次の段階として、そいつの口癖自体が消えてしまう。で、その会社独自の略語をつかいだすわけですね、そのへんは次郎長ファミリーといっしょで、「TMはどうなったかな」「今日のロンマネ会議は何時からだっけ」だなんて。ただ、そういうことからも、自分が一員になれてる、って、実感を得ているんじゃないでしょうか。
**町田** 組織に帰属しているっていうのは実はとても快感なんでしょう。
**いしい** 快感でしょうね。

**町田**　自己拡大というか、たとえばだんじりをひとりでひっぱろうとしても、絶対びくともせえへんのが、みんなで「せえの」とひっぱると、別にたいして力をいれていないのに、あ、動いている、って。

**いしい**　ただね、だんじりだって、動かせたとしても、他になんの意味もないですね。

**町田**　ははは、そうだね。意味はないよね。

**いしい**　動かすためだけにただだんじりはある。

**町田**　ふとみたときにそこに、だんじりがあってしまうから、車輪がついてそこにだんじりがあるから、いちおう動かせるかどうかやってみようか、ってのがたぶん人間の性《さが》で。

**いしい**　集団で動かしているあいだは、浅草の感じでいえば、なにかに酔ってるってことなんでしょうね、ずっとひっぱりつづけていたい、と。意味はなくとも。そういう心地よさのいっぽうで、会社って、人間関係の悩みをうみだすマシーンって側面もありませんか。

**町田**　「なんで俺が課長どまりやねん」とか。

**いしい**　お金、上司と部下、男女関係、その他いろいろ。

**町田**　ひとがあつまるから悩みが生じるのか、どっちが原因、結果というのはわからないけど、会社は、悩みをうむ役割がある、と。

**いしい**　といっても、そこでうまれる悩みって、自分たちが思うほどオリジナルではてんでなくって、所詮《しょせん》マシーンがつくる悩みですからね、ある程度、類型的に決まってるわけです。

**町田**　つまり人事？

**いしい**　人事というより、それぞれの役割というか、会社での立ち位置があらかじめきまっているので、人間関係の編み目はそんな複雑じゃない。浅草で酔っぱらってたおれたおっさんがうちに住みついてとか、そんなややこしい、ふしぎな悩みって実はおこりませんね。

**町田**　たしかにね。「ここで君は保身に走りなさい」とか「君は突き上げなさい」とか、だいたい配役が決まっているのかもしれん。でも、完全にその役に収まりきるひとっていないでしょう。

**いしい**　それはもちろん無理なはなしで、配役からの破れ目を発露させる場所は、みんな独自にもってるんじゃないでしょうか、ただ、会社の外に。

**町田**　楽屋みたいなもんかな。

**いしい**　楽屋ですね。そして楽屋でのあれこれは、舞台、つまり会社の悩みではなくなるんです。駅裏のスナックで「松田のはげ！」とか叫んだってべつにオッケー。会社でそれを発露させると、くびになってしまう。仕事するしないより、そっちのほうが会社員には重要……。ありゃ、いつのまにか皇居にでてたか。

**町田**　あっちがオフィス街やね。もどりましょう。

（大手町にでる。有名な会社の建物がいくつもならんでいる。ビル風がびゅうびゅうと舞

う）

**町田**　ああ、（行き交うひとをみながら、手を胸の前にあて）なんでみなこうやっているのかな。

**いしい**　フリーメーソンのサインみたいなもんじゃないですか。秘密の合図。

**町田**　ああ、やはりこんなところにも彼らは。

**いしい**　金融街ですからね。組織同士で指のサインを……こう（胸に指をあてる）。

**町田**　指をこう背広の前で三本、って、いしい君、あれは風が強いから背広の前を合わせているだけのことでしょう。

**いしい**　町田さん、緊張していますか。

**町田**　うん、けっこう緊張感あるな。こういうビジネス街にくる機会自体あまりないもんだから。いきなり「なにしてんね、お前」とかいわれないかなあ。

**いしい**　はは、浅草のおまわりみたいに。

**町田**　「僕にだって丸の内へくる人権があるんだ！」……あるのかな。

**いしい**　あ、この銀行の本店、はいってみましょうか。

**町田**　そんなおそろしいことするの？

**いしい**　一階ロビーとか、平気だと思いますよ。

**町田**　さも待ち合わせをしてるかのように？　じゃ、いってみよか。はは、怒られるんじゃない、こんなとこ。「この戯作者《げさくしゃ》が」っていわれたりして。

**いしい**　そんなことばは会社のひとは使わないと思います。（ガラスの自動ドアをのぞきこんで）うーん、門番がいますね。
**町田**　門番？（ならんでのぞきこむ）どうしよう……。
**いしい**　目があった。しょうがないな、いちおう行ってみましょうか。
（自動ドアをはいる。銀行の本店一階ロビー。しんとしている。ふたり靴音を鳴らして黒革のソファにすわる。じっとしばらく、すわりつづける）
**町田**　いしい君（小声で）、こんな会社にいってたん？
**いしい**　ここまでいかめしくはないけど、会社は会社。ただ、まるきり働くことはなくって。
**町田**　働かないの。
**いしい**　はい。ほんとは「経理」とか「営業」だとか、会社らしい部署にいれてほしかったんだけれど、だめで。
**町田**　だめ、はははは。
**いしい**　ぼくひとりしかメンバーのいないような、「イメージ部」みたいな名前の部署がそのときつくられましてね。
**町田**　存在自体がイメージみたいな。
**いしい**　まさにそうで、なにしたらいいか、って、なんにもない。しょうがないので、会社に半ズボンでいったり金髪とかピンクの毛にしたり、そうするとまわりのひとが喜んでくれるわけです。マスコットっていうか、阪神タイガースでいうと、「トラッキー君」のような存在で、夜中の会社にしのびこんで、バイトの学生と水鉄砲撃ちあって「ダイハード」遊びをしたりとか。

**町田**　ほんまに働かなかったんや。

**いしい**　イメージ部ですから。イメージ、イメージ。あ、町田さん、ほら、あの監視カメラがこっち向きましたよ。

**町田**　あれはけじめっからこっち向いとったんじゃないですか。

**いしい**　はは、どうですか、大会社の一階ロビー？

**町田**　ここまできたら平気だね。うん、ショッピングセンターの受付と同じだよ。

**いしい**　それは、ちょっとちがうような……。

**町田**　テレビ局とかと変わんない。ただ、多少、折り目ただしいかな、こっちのほうが。

**いしい**　外、いきましょうか（自動ドアをぬける）。うわ、風が強い！

**町田**　うわあ、これが大手町ビルヂングかあ、って、知らんけど。でもいまだにヂとかつかっているんだね。

**いしい**　これからもずっとヂを守りつづけるんでしょうな、彼らは。

**町田**　大切な仕事だな、そいつは。

（ふたり、複合ビルのなかにはいる。ビルにはいった会社名の看板をながめながら）

**いしい**　耳慣れない団体が多いですね。

**町田** 「海外製鉄原料委員会」、なんだかわけがわかんない。なんの仕事なんだろう。
**いしい** うちの近所に「日本刷毛協会」ってありますが。
**町田** ああ、いいですな。その協会には二社くらいしかはいってなかったりして。下には商店街があるのか。いこうよ。
（階段をおり地下一階へ）
**町田** 喫茶店がずらり。多いなあ。
**いしい** 俺はだいたいここだ、って、みんな決めているんでしょうね。
**町田** 「俺は、ピオだ」
**いしい** 「僕はルオーだな」
**町田** 「だめだめ、ピオだよ。ピオにいくと出世するよ」
**いしい** ははは、ピオのマダムのコーヒーから、みんなはじめた。「今のなんやら銀行の頭取や、刷毛協会の会長も、あのころは全員、ピオにかよいつめたものさ。ルオー組はみんな討ち死にだよ。喫茶ならやはりピオだよ」
**町田** みんなここを踏み台にしてね。
**いしい** おそるべし、喫茶ピオ。
（階段をあがり、午後の複合ビルをあるきだす）
**いしい** なんだここは？　ああ、ゴールドショップか。つまり「金屋」ですね。
**町田** 金魚屋じゃなくて。（まわりを見渡して）服装の自由度というのは、このへんは、ほとんどないようだね。

**いしい**　町田さんの考えでは、ネクタイというのは、いったいどういう目的でうまれたもんだと思いますか。

**町田**　そうだねえ、昔は、なんか首に巻いていないと、落ち着かない、っていうのがあったんじゃないかねえ。

**いしい**　ただ、巻くだけやなくて、あれってぶらーんとさがっていますよね。

**町田**　うん、いちおう心臓を守るとか、みぞおちを隠すとか……。あと、いざあかんようなったらいつでも首吊《つ》れるし。

**いしい**　ははは、それいうたらおわりですよ。

**町田**　今こういう時代やし、ネクタイの売り上げは右肩あがりで。

**いしい**　景気回復のはなしですけどね。ぼくは持論があるんです。典型的なのは「二千円札問題」。

**町田**　お札、おふだ論ね。

**いしい**　ぼくはざまあみろ、と。また、がっくり悲しげに首肯しているんですがね、ほらみたことか、と。お札はおふだであって、ひとの顔が描いてないと、強力なおふだたり得ない。その人の顔というのは、人知を越えた妖怪《ようかい》みたいなパワーをもっていなければならない。それではじめて、昭和の欲望、魑魅魍魎《ちみもうりょう》どもを、自家用車や冷蔵庫のかたちに封印せしめることができていた。

**町田**　聖徳太子、伊藤博文……。

**いしい**　昔はよくいってましたよ、おばはんらが、「聖徳太子に羽がはえて飛んでいっちまって」とか。当然です、聖徳太子だから、飛ぶんですよ。福沢諭吉や漱石《そうせき》じゃね、飛びやしません。勝手に消え失《う》せたりはしないわけです。しかも新渡戸《にとべ》稲造だなんて、みんな何をしたひとかさえあんまりわかっちゃいない。

**町田**　ははははは。

**いしい**　聖徳太子ではじまる強力なラインナップが、脆弱《ぜいじゃく》な現在の文科系三人衆になりかわったとたん、欲望の魑魅魍魎が「しめしめ」いうて反攻に転じ、それで経済がめちゃくちゃになった、というのが僕の意見です。だから日本の景気回復をはかるには、なによりまず、お札の肖像を刷新しなけりゃいけない。

**町田**　たとえば？

**いしい**　田中角栄のスリーカードでいい。

**町田**　はは、若いとき、全盛時、死ぬ直前みたいな。そんな金はたしかに使いたくなるな。

**いしい**　それがね、あの、二千円札とやら。噴飯です。あんなの、顔すりゃもっていない。

**町田**　はっはっは、顔すら。

**いしい**　門ですよ。門。建造物。建物って、あれはおふだを貼っつける場所であって、おふだのシンボルにはなりえるわけがない。裏返しにしたら源氏物語、って、あんな顔、どれが誰やらわかるもんか、魑魅魍魎のほうが「おいおい、なんだよ、こりゃ」って、半笑い浮かべて、ぜーんぜん相手にされなくって、で、二千円札というのは結局まったく流通しない。

**町田**　こわい顔、っていうか、親しみやすくはないけど、お札にはある程度リスペクトされる肖像が必要ってことやね。その点、岩倉具視《ともみ》ってのは、けっこうええとこついてるよね。

**いしい**　うん、あの顔はすごいですね。

**町田**　板垣退助の百円の札、つこうてたことある？

**いしい**　ええ？　ないですよ。

**町田**　俺はあるんだよな。

**いしい**　なんでまた？

**町田**　まだこどものとき、流通していたよ。

**いしい**　本当に？　大和川の南側では流通していたのかな。

**町田**　北側でも流通していましたよ。藩札やないねんから。そういう政治家路線じゃなくて、人気とか親しみやすさの方向でいくと、長嶋茂雄とか……。

**いしい**　美空ひばりとか。

**町田**　うん、たぶんそういう方向に。

**いしい**　もっといえばドラえもんとか、アトムとか。もうそこまでいったら、徹底的にぐしゃぐしゃにしちゃうほうがおもしろいかも。

**いしい**　うん、絶対そうやね。

**町田**　銀行のプリクラで、自分の好きなキャラクターを選べるようにする。「僕はキティちゃん好きだから……」「あたしのお金はブーフーウーにするわ」とかいうて、逆に貯蓄に走るひといないの？　って、ははは、貯蓄というのもおもろいけど。

**いしい**　あほらしゅうなって、ばんばんつかう。はははは！　でもさ、「かわいいわあ」

**町田**　貯蓄じゃないでしょう。コレクションですね。あたしキティ札の一万番台をそろえているの、とか。

**いしい**　なるほど、つまり切手ぐらいの感覚でデザインするっちゅうことね。

**町田**　いくつかのバージョンをだすと、同じのをもっているのがいやだから、交換しはじめるわけです。

**いしい**　ああ、トレーディングがはじまる。それでレートが上下して、いろんな先物の市場ができる。はっはっは！

**町田**　キティマーケット。ブーフーウー市場。さてフー、今日の上がり値は、とかいって。

**いしい**　昨今は、札って、どんどん抽象化するほうへいっていますよね。電子マネーとかカードとか。

**いしい**　ユーロなんて抽象概念ですからね。ああいうのがあかんのです。あほをうむ。銀行の数字だけで一喜一憂させられて。それやったらパチンコのほうがまだましでしょう。
**町田**　じゃあやっぱり小判とか復活させる？
**いしい**　金本位制ってことですか？
**町田**　別に金じゃなくてもいいんだけれど、なにかずいぶん重いもの。
**いしい**　岩とか。輪切りの。
**町田**　いいねえ、岩。
**いしい**　もちはこぶのがいやだから、どんどんつかう。
**町田**　流通の速度はおそいねん。
**いしい**　今後、岩石運搬トラックが金融再生の鍵《かぎ》をにぎるでしょうね。
**町田**　にぎるにぎる。

（モダンなビルの外にで、植え込みを背に御影石《みかげいし》にすわる。あいかわらず強いビル風。ビルのあいだのベンチに会社員が数人うつむきすわっている）

**町田**　うーん、そんなに忙しそうなひとはいないね。
**いしい**　ぼくは一度会社にはいってみて、びっくりしたことがあって、実のところみんなそんなに忙しいわけじゃないんですよ。たとえば野球のバッターは、打席に立ってボールがきてはじめて仕事しますよね。守っているときにボールが飛んできたら、そこで仕事をする。それ以外、みんなぼーっと立っているかベンチにすわってるだけなんですね。

**町田**　開店休業みたいな。

**いしい**　そうそう、それはね、どこの会社でもあんまり変わらない。一日に一度つきあいのあるお得意さんとあって、「やあ、きのうは株があがりましたね」って茶をのむ、そういうのも仕事としてカウントしてるわけです。

**町田**　そういう膨大な無駄というか、待ち時間っていうか……あそこでタバコ吸ったり本読んだりしてるのも仕事のうちにいれるとしたら、それが会社全体の利益にどう結びつくのか。たとえば、もの売ったり買ったりすること、あるいは情報とか、信用とかでもいいんでしょうけど、それが移動することによって価値が生じるわけで、ぼーっと立っている、すわっているというのは、これは利潤に結びつくわけがないわけです。

**いしい**　ええ、そうですね。

**町田**　じゃあ利潤をうめばいいのか、というと、それも曖昧《あいまい》やないですか。会社として数字上、前年比何パーセントとか、それでええとか悪いとかいってるけど、データのとりかたによってはなんとでもいえるわけで。

**いしい**　会社にいてるみんなが、安心できるでしょう。利潤があるよ、っていうと。

**町田**　じゃあ、利潤をうまないやつはやめさせてしまえ、というと、ほとんどの社員がいなくなっちゃって、なんでその会社やっていたのか、はは。

**いしい**　わからなくなりますね。ひとがいなくちゃまずい。

**町田**　「儲《もう》かった」というのもね、ある取引が行われて「両方よかったやん」って、そんなことがあるのか。あり得ないわけでしょう。絶対どっかにしわ寄せがいっているわけで、「俺はいやだ、しわ寄せはいや」って、どこかにしわを寄せていこうとしても、今度はまたそっちから押し返してくるし。

**いしい**　町田さん、なんだかすっごいリアルに、ビジネス社会をわかっていらっしゃるような。

**町田**　ははは、今、ようわからんひとが通っていったね。金のチェーン巻いて、胸をはだけて、そこにもチェーン。あれはそういう部署がどこかに。イメージ部とか。

**いしい**　まさにイメージ部。

**町田**　あるいはバイオレンス部。あるいは総会屋系のひとなのか。

**いしい**　総会屋のかた、っていうのは、株主総会を邪魔することによってお金を稼ぐわけですか。

**町田**　え？　わからんけど、うーん、邪魔ね、簡単にいうとそうなるよね。

**いしい**　それも仕事になりうるんですね。

**町田**　邪魔せえへん、というのも仕事になりうるわけですよ。邪魔するぞとみせかけておいて、別のところから金もらって邪魔しないとか。

**いしい**　とある有名な占い師によれば、占いにくる悩みなんて、ふたつしかないっていうんですね。男は仕事。女は男問題。それしかないって。仕事ってなんのためにするのかというと、隅田川沿いに住んでるひとたちだって、生きていくための仕事ってたくさんしているわけですよ。ストーブ調達したり、木材集めて家つくったり、鍵取り付けたり。ただし彼らの仕事はあまり悩みをうまない。人間関係が希薄だから、あるいはそんな関係、気にしちゃいないから。会社員が会社で働く、っていうのは要するに、会社っていう人間関係を保つ、あるいはこわしつつ活性させていくためにしているんじゃないか、って、そういう気がします。そのためにこの世には様々な職種がある。それこそ金屋でもパン屋でも総会屋でも。

**町田**　会社って、そこのメンバーにはいるまで、なんにもわからへんよな。

**いしい**　さっきも就職活動している男のこ、女のこがぎょうさんいましたが、最初はやっぱり「三菱商事にはいろう」「町田運送にしよう」と思うしかないわけです。「世界一のミズダコを我が町へ輸入しよう」とか、そんなやつ、会社になんてはなっからはいらないでしょう。

**町田**　僕の知人で、映画の仕事をやりたい、というので、バブル期に映画会社にはいったものそこに不動産の部門があってね……。

**いしい**　ははは！

**町田**　不動産の仕事やらされたってやついるよ。

**いしい**　僕の弟はね、大学卒業して、アパレルの仕事をやりたかったそうなんです。で繊維の商社にはいって、営業の仕事についた、って噂できいたんですよ。

**町田**　めでたいことじゃないですか。

**いしい**　それがね、何年か経って実家で会ったとき、きいてみたんです。「お前、営業やって？　たいしたもんやなあ」そうしたら弟、もじもじしているんですね。

**町田**　ははは、もじもじと。

**いしい**　「繊維の営業って、なにやんねん？　シャツとか売るんか？　インド綿何トン入荷、とかやってんのか？」そしたら弟は、ぼそっと、「そんなな、にいちゃんが思ってるほど会社いうもんは甘くない」「なんやねん、それ？」「俺な、いまな……エレベーター売ってんねん」

**町田**　エレベーター？

**いしい**　そう。僕も驚いて、「おい、お前、アパレルやろ？　繊維の会社でなんでエレベーター売るんやな」「知らん、エレベーター事業部にはいったしとちゃうか」って。ただ、それで結構、親戚《しんせき》のおじさんにお酌するのなんて、見ほれるほどあざやかな手つきになっていまして、ああ、なるほどなあ、こいつもちゃんと会社のひとなんや、と。

**町田**　はっはっは、立派な弟ですね。

**いしい**　ただやっぱりね、所属したい、集団を形成したいがために会社にはいるってのは、当たってるんだと思います。入社イコール仕事では実はなくって、さっきもいったように、会社をつづけることのいち条件として「働く」。邪魔にならない程度に、働いてもらう。そいつが働きすぎても、かえっていけない。

**町田**　でもそれは、状況としておもろいよね。

**いしい**　ああ、働きすぎてくびになるという。

**町田**　たとえば八十億円売ったとしても、それが製造業やったとしたら、それだけの量をつくる工場がない。

**いしい**　「ほんと頼むよ、今月もお前ね、売りすぎなんだよ」って。

**町田**　「ひとりで、なにやっとんねん」みたいな。

**いしい**　会社に客から苦情がきてね。冷蔵庫がまだ届かない、ほかの会社のにするわ、と。信用を落としてしまうので、それで彼はくびに。

**町田**　そいつが作る側のやつだったとしたら……。

**いしい**　ごっつい作りすぎてしまう。十秒に一台、冷蔵庫をつくっちゃう。倉庫代だけで倒産。冷蔵庫倒産。

**町田**　技術者やったら、一個一円の冷蔵庫をつくってもうたりね。

**いしい**　永遠に減らない靴の底とか。それが靴の底屋さんをやってるひとりのおっさんだったら、かまわないわけですよ、それはすごい能力だ、っちゅうことで、誰に文句のいえる筋合いではないわけで。

**町田**　つまり会社が一台の自動車やとしたら、全体がふつうなのに、エンジンだけものすごい高性能で、時速六万キロくらいだせるような……。

**いしい**　ははは、六万キロ！

**町田**　どれぐらいの速さ？

**いしい**　マッハ五十くらいやないですか。

**町田**　ね、そんなのタイヤが摩擦で一瞬にしてなくなってしまう。とりあえずいまのタイヤにちょうどいいエンジンがええんやと。

**いしい**　会社って、はいるまではなにがなんだかわからない、っていうのも、学生時代にあまり具体的に教えないようにして、突出するのをふせいでいる、そういう無意識の知恵が働いてるようにも思います。

**町田**　アメリカ映画なんかみていると、突出したやつが多いというか、なんだかわけのわからないこと考えているでしょう？

**いしい**　どんな映画ですか？

**町田**　赤子がビルくらいまで巨大化するとか、過去にもどってお母《か》んと関係をもつとか、非常にばかばかしい設定をおもいつくんだけれど、それはやっぱりひとりでタコ売る、ひとりで靴底つくる発想やと、そういうばかばかしさがうまれるんやないかと思う。でも日本映画って、小津安二郎とかみんな好きだし、日本文学もそうなのかもしれないけど、わりと日常的というか、平凡なことのなかに俳句的な情感をみいだすというのは、もしかしたらその「会社主義」ってのがあるのかもしれん。

**いしい**　会社主義、悪くないですよね。

**町田**　うん、悪くない。

**いしい**　さっきもいいましたけど、僕の知り合いが大阪弁でなくなり、口癖をいわなくなり、専門用語や略語をつかいはじめるというのは、しらずしらずひとにあわせる知恵を学びとっていくわけで、そのいっぽう、ほんとうに自分だけの方言、感じかたの方言というか、そういうものはちゃんと残るし。会社にはいってまわりに馴《な》らされたあとのほうが、かえってそれまで以上に、そのひと独自の、感じかたの方言は、はっきりみえてくるんやないですかね。

**町田**　それは音楽やっていてもいっしょで、ひとりでめちゃくちゃなことやっていても「困るよ」ってのがあって、ひとつのセッションになるためには、ある程度、全体の音きいてあわせていかなあかんわけ。自分だけえんえんソロをやっておったらええ、ということはないわけです。

**いしい**　あんた、コルトレーンですか、と。

**町田**　コルトレーンだって若いころはないしょで、飯屋でハコバンやっておったと。ははは、ないしょかどうかは知らんけど。

**いしい**　ははは、ないしょか知らないけど。

（ぶらぶらと丸の内散策。日はかたむきかけている。東京海上火災のビルの前にやってくる。奇妙なオブジェが立っている）

**町田**　これはなんだろう？　大黒かな。

**いしい**　サラリーマンの守り神かも。

**町田**　いちおう大黒じゃないのかな。
**いしい**　大黒といえば、町田さん……。
**町田**　いえ、もうええ、もうええ。
**いしい**　このビルの屋上にもやっぱり鳥居とか立っているんでしょうか。百貨店には必ずありますよね。おそらくこのあたりのビルディングにも……。
**町田**　外人がみたら、変な国だと思うやろね。
**いしい**　ははは、お前らも十字架さげとるやないか、って。
**町田**　外国のビルの屋上には、ごっつい巨大な、鈍い色の十字架が立っているのかもね。
**いしい**　ラジオミサ。
そこでよどんだ目ぇしてラジオ体操。
**町田**　なんだかこの通りには黒塗りのくるまが多いね。
**いしい**　あ、寝てますね、うしろの席で。
**町田**　寝てる寝てる。あれはある程度えらいひとだね。えらいひとっぽいね。
**いしい**　ああいう自動車のうしろで、日本経済を動かしてたりするのかな。「会長、ソニーの株、買いますか」「うん、にゃっ」とかいって。
**町田**　どっちやそれ、はは、買うんか買わへんのか。
**いしい**　「うん、にゃっ」
**町田**　ちょっと丸の内っぽい喫茶店でもはいって、対談しよか。

**いしい**　それなら、いいところ知ってます。

**町田**　どこ？　ピオ？

**いしい**　うん、にゃっ。いまのは否定でした。丸の内カフェというふしぎな場所です。

（ふたり丸の内カフェへ。ここでは客は自動販売機で缶コーヒーなどを買い、自由に席にすわるというシステム。新聞、雑誌は閲覧し放題。インターネット用の端末も勝手につかうことができる。おおきなガラスごしに道いくひとの姿がみえる。午後おそくの店内には、サラリーマン、ＯＬ、まばらにすわって缶飲料をすすり、コンピュータなり新聞なりをながめている）

**いしい**　（小声で）さっき思いついたんですけど、「スポーツクラブ」って実に会社っぽいなという気がするんです。

**町田**　俺、いったことないけど。

**いしい**　そりゃぼくもいれてもらえませんがね。スポーツとは何かというと、走ったり跳んだり重いものをもちあげる、つまりひとりでできることが多いわけです。家で縄跳びしても、腕立て伏せをするんでもいい。でも、なぜかみんなスポーツクラブという場所に集まって、一緒に泳いだり、足を踏みならす運動をしている。運動を共有することで、みんなスポーツっておおきな夢をみている、夢にひたっている、と、そんな感じがするんです。それが会社に似ているな、と。

**町田**　なるほどね。ただささ、スポーツクラブはみんなほがらかだけど……。

**いしい**　うーん、会社では、そんなことはないですね。

**町田**　学校にはいるっていう例をとれば、みんな、ごっついポジティブな動機ではいるでしょ、ここはいりたい！　って。だから、知らないひとと同じ場所にいても強制された感じしないと思うんや、で、それはスポーツクラブも同じ。

**いしい**　そうか、学校もスポーツクラブも、金払ってはいりますもんね。会社は逆だ。金もらうかわりそこに、いんならん。

**町田**　そうそう。だから、どっちかというと、もともとネガティブになる。理不尽を強制されても文句はいわれへん。なんかよう知らんやつと、なんだかよくわからないものとずっと一緒におらんならん。これがつらいんやろね。

**いしい**　人生相談のなかで、会社がらみの悩みってありました？

**町田**　相当数。でもやっぱり、ほとんどが人間関係ですね、自分が正当に評価されないとか、自分より能力のないものが自分よりはやく出世するのはおかしいとか。あるいは、会社にばれんよう悪いことやってるやつがおるとか。

**いしい**　そういうことを、会社ではいわないで、新聞にこそっと……。

**町田**　そうそう。

**いしい**　人生相談も、破れ目のはけ口なんでしょうね。会社自体にはなんら文句がでないわけで、新聞に投書した段階でもう悩みはほぼ解決してる。

**町田**　みんな。悪いことしてるやつがおる、って知っていながら、それはしょうがないってこともちゃんとわかってる。水戸黄門が絶対的に不滅なのは、悪いやつが絶対にだめって構造がきちんと守られている社会、世界は、あそこにしかないということがあるから……。

**いしい**　以前にもでましたけど、「水戸黄門はルルドの泉」。

**町田**　そう、ルルド。ありゃまったくもってルルドだね。

**いしい**　みんな、そんなあほな、って思いながら、でもあるかもな、あったほうがいいよな、そのほうがなんだか救われる気分がする、と。

**町田**　あるとしておいたほうが、世の中成立しやすい。もっと大きな規模でいうと「最後の審判」とかさ、ただ、そこまでいってしまうとけっこうへビーやから、へビールルドだからさ、ははは、ここは水戸黄門ぐらいで手をうっとこうと。

**いしい**　黄門様はプチルルドですね。

**町田**　会社員について、もうひとつあるのは、みんなほら（丸の内カフェ店内にちらと視線を投げ）雑誌とか新聞とかパソコンとかみているよね。ものすごい分量のデータをとりこんでいるけれど、それをどの程度整理して、収拾をつけているのかというのが、これがふしぎでしゃあない。

**いしい**　とりこむまでにいたっているのか、という気もします。ここにいるあいだみんな新聞やらながめてますけど、カフェをでた瞬間に、それをみていたことさえぽかっと忘れる、データとして残っちゃいないんじゃないでしょうか。

**町田**　囲碁の譜をみながら頭のなかでパチン、って感じなんですかね。

**いしい**　ただ、囲碁の場合は、いっぺん詰め碁やってみた棋譜って、ちゃんと情報としておぼえてると思うんですよ。何年経っても、同じ棋譜みれば、あ、これはやったことある、って、すいすい石を置いていける。ここで雑誌みてるひとは、同じ雑誌みせられてもわからないんじゃないか……。

**町田**　それは、浅草のはなしに似てるけど、なにかを得ようってより、なんでもええからここに視線をむけておいて、ほかのなにかから目をそむけているという？

**いしい**　視線が手持ちぶさたって感じでしょうか。ここには「情報」って名のもとで、自由に「みるもの」が置いてありますね。たとえばあそこで、お弁当食べてるひとがいる。お昼にはずいぶん遅いな。

**町田**　遅弁でしょう。

**いしい**　あのひともお弁当つっつきながら、雑誌をみています。本とか雑誌とかみないで黙々と弁当を食べるって場所じゃない。なにもみずにずっと座ってられる場所かというと、まったくそうではないですね。

**町田**　それ重要ですね。

**いしい**　なにかみないではいられない。皇居とか日比谷《ひびや》公園近いのに。ひとりできてなにがしかをみている。

**町田**　ひとりということがおもしろいよね。俺らふたりこうして喋《しゃべ》ってるって変。

**いしい**　われわれはすごく変ですよ、場違いです。

**町田**　さっきからあそこにも喋ってるひとがいるんだけど、やっぱりちょっとまわりとはちがう職業のひとたちですよ。たぶん東京ガスの巡回さんで。その奥のおばさん二人連れも、ちがいますね。

**いしい**　単に疲れたから、ただだから、休んでいると。

**町田**　ここでは、ひとりということが大事なんですね。

**いしい**　ただ、ひとりだけで新聞みて、って、別に公園のベンチでもいいわけでしょう。なのになぜかひとりずつ、わざわざこの丸の内カフェに集まってきていて……。

**町田**　半びとり、みたいな。

**いしい**　ははは、そうですね、半びとりなんだ。それでつながっている。

**町田**　そうやね、ネット上でつながっている、あるいは新聞、雑誌をみて情報につながっている、つながっている気になれる。

**いしい**　インターネットの回線がひらいているという状態に近いですね。そこでなにか新しい情報を探そう、町田康の新作はなんだとかいって探すんじゃなく、ひらいている状態のまま、おいておく。

**町田**　噴水を眺めてる感じね。

**いしい**　そんな感じ。

**町田**　水のむために蛇口ひねってというんじゃなくて、ただ水がじゃあじゃあ流れるのをながめてるだけという。
（カフェのどこかで呼び出し音が鳴る）
**町田**　あ、携帯電話。
**いしい**　ひとにきいたんですが、携帯電話って、なくすとすごい不安になるそうで、つまり電話の電源がはいってるというのは、半びとり状態なんだと思いますね。
**町田**　まさしくそうでしょう。
**いしい**　たくさんの電話番号を記憶させておくというのも、それがはいっている以上、自分は彼らとつながっている、たったひとりじゃなくて、半びとりなんだ、って感じと思うんです。
（そろそろ五時。丸の内に人通りがふえはじめる。おおきなガラス窓から通りをながめながら、ふたりはなしつづける。缶飲料は買っていない）
**町田**　会社になんのためにいくのか、それは帰属しにいくということなんだけど、それは要するに、さびしいってことですよね。ひとりになりたないから、会社へいこうと。
**いしい**　それまでの人生、君はどこどこ幼稚園の何組、なになに高校の何年とか、ずっと帰属先のことで自分がいわれてきたわけやないですか。なのに、高校、大学、短大とか、卒業したとたん、それが……。
**町田**　なんもなくなっちゃう。

**いしい**　なくなってしまう。

**町田**　昔は地域社会みたいのがそれをバックアップしていたけど、そんなもん、もうないし。となると、やっぱりなになに社のなんとか部の誰それ、って、所属しているほうが安心で。社会とつながっていないと、浅草のひとらみたいに悩みもなくなるかわり、すごく不安な状態っちゅうか、常に酔っぱらってないといけなくなってしまう。そうなんだけど、でも会社はいって、なんかひとり、やっぱり半びとりにもなりたいと。

**いしい**　会社はいるっていうのと、働くって、だから次元がちがうはなしなんですよ。会社が社員にあてはめる役割って、きっちり決まっているようで、決まってないところも実はあって、ある程度、自分の裁量でやりなさい、と。この場合「やる」というのは別に働くことだけやなくて、「会社にいる」ということで。つまり「自分なりにいなさい」と。そういう自由度をみわけることができれば、三時にかならずポップコーンとか……。

**町田**　キャラメルコーン。

**いしい**　そういうふうなのも、おそらく、社内での「半びとりつながり」の一種だと思うんですよ。会社でやる必然性はないんだけれど、「会社にいるね」「そうだね」と、いることのよさを確認しあうというか。

**町田**　会社の悩みを表明してきた人は、自分というものをわりと定型的に、かたちがきまったものとしてとられる傾向があってね、自分からみた、なんというのか、外形というのかな、ジグソーパズルのピースみたいなものを自分からデザインしているので、それが帰属した会社になかなかフィットしないというか……。

**いしい**　それは将来の自分の姿、三年、五年経ったら自分はこうなっているはずだったとか……。

**町田**　いや、瞬間のことでしょうね。

**いしい**　瞬間？

**町田**　なんだか俺ずるずる出世ルートからはずれてるやん、といったような連続したものじゃなくって、なにかいわれたこのいまの瞬間とか。

**いしい**　その部署のOLが、自分より先にあいつにコーヒー渡したとか。

**町田**　うん。そういう卑近な日常の瞬間に、自分のえがいている定型が、ぜんぜんフィットしてないってことに気づいて、それでいやになっちゃう。

**いしい**　会社ってもっと楽やのに、自分の思いこみでしんどくしてしまうと。

**町田**　「やってられっかよ！」という感じでしょうね、ははは、でも、やっているんだけどね。

**いしい**　会社にいるわけだから。

**町田**　そうそう。やってられないというのは、「おりました」「ゲーム抜けます」「退場します」ということなんだけど、退場、絶対できない。

**いしい**　ゲームには参加している。

**町田**　うん、俺らもいちおうこうやって、ゲームに参加してるふりはしているけど。

**いしい**　はは、ふりですか。
**町田**　このカフェにおるひとって、こうみえて、やはりちゃんとした歴史のあるチームにはいってゲームに参加しているわけですよ。ところが俺らのチームというのは、なんか自分がつくったようなチームで、メンバーいうたら、なんや三歳くらいのこどもとか、老人とか……。
**いしい**　猫とかね。
**町田**　そんなんばっかりで、ははは、ほとんど試合もやらしてもらえへん。
**いしい**　だいたい革靴はいてない。
**町田**　革は大事だな。スウェードはありですか。
**いしい**　微妙なところですね。ただベルトはやっぱり表革じゃないと。
**町田**　蛇革はオッケー。ヒョウ柄はどうか……。
**いしい**　ヒョウ柄か、ネクタイもヒョウ柄。うん、勇気ある会社員だな。
**町田**　イメージ部かもしれない。
（店の外にでる。夕暮れ。スーツ姿の人波にまぎれ、ふたりはなしながら、有楽町駅に近づいていく）
（JRのガード下、焼き鳥屋街をぶらぶら。オープンエアー。向かい合った店のいっぽうにはいり外を向いてすわる。客はまだこのふたりだけ）

いしい　連夜の煮込みですね。七味かけていいですか。
町田　かけてかけて。見栄《みえ》はって、じゃんじゃんかけてください。
いしい　向こうの店もようみえますね。
町田　ここちょうどええわ。ところで、いわゆる上級サラリーマン、中級、下級てあると思うんですけど、そのへんどうですか？　松竹梅。今日歩いたあたりは、松でしょう？
いしい　松でしょうねえ。まだ五時ちょい過ぎでしょう、松サラリーマンはこの時間からこの場所では飲まないでしょう。
町田　じゃあ、ここは梅？
いしい　いや、梅でもない。梅は外で飲めないから。家で焼酎《しょうちゅう》を水道水で割って飲む。
町田　ははは、極端な。
いしい　だってこういう場所、野ざらしのわりに安くないですよ。
町田　（メニューみながら）やきとり百三十円、鶏皮《とりかわ》、手羽が二百五十円……前に一緒にいったうちの近所の焼き鳥屋は、四百円くらいやったけど……。
いしい　そんなん、とてもとても。サラリーマンには手がでない。
町田　ああ、そうだったんですか。向こう側の店で、三人客がいますね。あれはいしい君が思うにどういうひと？　おっさんとふたりの若い衆。
いしい　あれは、パソコン仲間ですね。
町田　はあはあ。

**いしい**　パソコン風の顔をしていますよ。上司と部下というより、なんだか一種の「タメ性」というか、そういうの。早くからパソコンはじめたのが手前の若いふたりで、おっさんはふたりにいろいろ教わっていて、岩井熊夫という名前なんですが、ガンさんですね。ふたりは陰であのおっさんのことを、「ガンさんまるきりだめなんだよ、ぜんぜんモデムがさあ」とかいっているわけ。でもガンさんはいつか見返してやろうと。ビールをおごってやりながら、なにくそ！　と。じつはガンさん、うちでひそかに、マッハ五十の巨大モデムをつくっているんです。

**町田**　いらんいらん、そんなモデム。それにしても、向こうの店にはぎょうさん客はいっているのに、こっちは我々だけだね。

**いしい**　従業員が、あっちは元気ですね。若い女の店員もいる。格段に活気がちがいますねえ。提灯《ちょうちん》が鈴なりになったような明るさが、向こうには……。

**町田**　「青春ビバリーヒルズ」みたいなそういう世界が……。

**いしい**　はっはっは、そのへんが一見《いちげん》客でも安心なんでしょう。こっちは常連に限るって空気ですもんね。あ、ほらきた。

（いかにも常連風の中年サラリーマン四人、がやがやとはいってきて、いしいのうしろの席につく。声高に笑いあい、やがて不動産のはなしをはじめる）

**町田**　向こうには外人とかいるよ。ああ、ホモ風のふたり連れとか。

**いしい**　うん、なんだか、感じが軽いですね。

**町田**　向こうは自由業、こっちは会社員って構図かもしれん。
**いしい**　こうして、ひとつところにホワイトカラーが集まるんだったら、じゃ、まあ、ここでひとつ起業をしようか、会社になろうかということが、あってもいいと思うんだけど。
**町田**　ははは、それはおもろいな。
**いしい**　縁があるんやと。もうやるしかないでと。例えば、大学生のアマチュアミュージシャン同士が居酒屋でたまたまとなりあってね、「へえ、お前もツェッペリン好きなの？」とか「やっぱりジョン・ボーナムがいないと、ツェッペリンの音じゃねえよな」とか、こしゃくなはなしをしながら酔っぱらっちゃって……。
**町田**　はははは。
**いしい**　ぐでぐで一歩前で「そうか、わかってるねえ、よし、俺らでバンドやろうぜ」「ツェッペリン目じゃねえ」って。お互い、ぜんぜん知らないのに。で、翌朝しらふにもどって、あ、どうしよう……。そういうことは多いでしょう？　会社もバンドみたいにやればいい。
**町田**　あってもええよな、会社やろうぜって。
**いしい**　「会社やろうぜ」
**町田**　雑誌できたりして、ははは。
**いしい**　「バイオハザード」というゲームをつくったワープって会社がありましてね、そのひとがいってたんですが、自分の会社はバンドみたいなもんだと。自分はドラムを叩《たた》いているようなもんで、絵はうまくないから、ボーカルとしてグラフィックデザイナーがいて、とか。そういう機能が明確に分担されている。

**町田**　バンドやと、そうなるね。

**いしい**　これは今日みてきた丸の内の会社とはぜんぜんちがうつくりやと思うんです。

**町田**　それはね、会社は社員同士の帰属ゲームを続行することに意味があるわけで、バンドだったらいつやめてもいい。クリエーターがあつまった集団は、そういう意味ではバンドで、会社ぽくはないね。

**いしい**　なるほど。

**町田**　会社をはじめるときは、ずっと続けることを前提にはじめるんだけど、バンドは解散するからね。おもしろく活動できるだけやりゃあいい。おもろなくなったら解散。でも会社は、おもろないから解散というわけにはいけへんから。

**いしい**　そうですね。バンドみたいな集団って、つまりゴレンジャーで、それぞれの役割にまったくずれがない。キレンジャーがアオレンジャー風の発言は絶対しない。モモレンジャーのせりふがミドレンジャーとかぶることはない。

**町田**　うん、そうですね。

**いしい**　で、丸の内とかの会社って、そのへんの色分けがぐじゃぐじゃになっていて、こいつ何色やねんと。たまたまそこにいるだけとか、なんの仕事してるかさっぱりわからんようなひとも、会社にはいられるわけで……。

**町田**　盲腸みたいな。人体にたとえれば、そのひとに意味があるのかないのか。
**いしい**　そういうのも受け入れる場所が、本来の会社なんでしょうね。
（うしろの酔客から「だいたいガバメントが」「渋沢栄一は死んだよ」などと意味のわからないことばがきこえ、ふたり、しばし聞き耳をたてている）
**町田**　ふふ、仕事ってなんや……考えたら、ますますわからんようになってきましたね。具体的にいうと、なにがしかの作業をすることで金をもろてる、と。で、その金はなんのためやというと、つまり、欲望を封じ込めるためやと。
**いしい**　そうですね、お金を経ないで欲望を発露してしまうと、犯罪になりますね。ぬすっとだったり、強姦《ごうかん》魔だったり。
**町田**　たとえば、ある程度お前にええことしてやる、そこのにいちゃんに「ビール飲ましてくれたら笑わしたんで」といったとしますよね。けど、そういうたところで、店のにいちゃんが何をおもろいと思うかもわからへんし、逆に、怒り出すかもしれないわけやね。いきなり「きのう、かわいそうな蜂犬がおってね」。
**いしい**　それじゃだめでしょうね、あの写真みせないと。
**町田**　だから、おもろいと思うはなしをするかわりに、（金を渡すしぐさ）こうやると、まあ、君もおもろくないわけじゃないだろうと。だからビールを飲ませろ。
**いしい**　うん、兄ちゃんはそれで得た金で、自分なりに「おもろいこと」を手に入れることもできるわけですから。

**町田**　ただ、給料が高いからって、会社にいるのがたのしいか、というと……。

**いしい**　それはいいきれないでしょうね。高い給料のぶんだけ、やっぱりなにかしんどいこと、きついことは多いんやないですか。自分が「こんなのやりたくないなあ」と思うことも、やってもらわんと困る、というところがある。

**町田**　だから、さっきの革靴やら電話やらやないけれど、ゲームに参加するための条件って、どんなに働きの悪いひとだって、つまり最低保障のテラ銭っちゅうか、決められた服装しかしないとか、毎日会社にはいくとか、そういう積み重ねを支払ってチャラになっているのかもね。

**いしい**　デポジットね。敬語を使えるとか。

**町田**　それ自体が、会社員の信用になっている。

**いしい**　村尾源吉って社長を、ぜったい「ゲンさん」とはいっちゃいけない。

**町田**　ははは、源って名字の社長は別にして。以前、大阪経由で四国へいこうと思って、東京から関西汽船に電話したんです。そしたら、やっぱり受付の女のこが大阪弁やったっていうのは、当たり前やけど、驚きでしたな。

**いしい**　新鮮ですよね。

**町田**　電話口で「ほんならねえ」「それやったらねえ」というんですよ。

**いしい**　ははは。「町田さん、かなんわあ」いうて。

**町田**　考えたら普通なんだけど。「ほんならねえ、何人さんですか?」って。東京では江戸っこの言葉なんてもう使わないよね。
**いしい**　衰退してしまいました。
**町田**　おかしいよね、兜町《かぶとちょう》とか丸の内で「よう、どうなってんだい」とか「部長、おいらどうにも腑《ふ》に落ちねンだがよ」だとか。
**いしい**　もはや落語ですね。
**町田**　「おったまげたよう、三菱商事には！」
**いしい**　「なんでえ、やぶからぼうに証文売りかい？」
**町田**　「やぶからぼうに、アポなしかい？」って、はは、言葉がかぶっている。
**いしい**　時代劇が正しいとしたら、江戸のあきんどってどんな喋《しゃべ》りかただったんでしょうか。
**町田**　やっぱり武家に出入りするときなんか、「経済産業省の田中様」みたいないいかただったんやないかな。
**いしい**　「いや、それはそれは町田様」「やや、しばしお待ちを」。そういう点では銀行員の喋りかたというのがもっとも近いかも。
**町田**　「それはごもっとも」みたいな。
**いしい**　「ご無体なことを（もみ手しながら）当行といたしましてはこれくらいのご融資でせいいっぱいでございまする」
**町田**　そうですね。そういうことでしょう。いっぽうで、ビジネスの現場で方言が爆発することもあるんじゃないですか。「わたくし、こういうものでございます」と名刺をだして、「珍しい名字ですね」「鹿児島には多い名字でして」「ええっ、おいも鹿児島たい！」

**いしい**　その隣にどっちかのえらいさんがいたら、苦々しい顔をしてるでしょうね。「なんだよ、ふたりだけで盛り上がっちゃって」というのではなくて。

**町田**　まさにビジネスルールに反している……。やはり首尾一貫して、銀行員でありつづけなければならんと。あ、向こうはいつの間にか満員。

**いしい**　あのおじさんすごい真っ赤。てかてかだ。たぶん顔が映りますよ。やってみたいなあ。そうそう、以前、サラリーマンって、日刊ゲンダイ派と夕刊フジ派にわかれるんじゃないか、ってはなししましたね。

**町田**　そこで読んでいるひといるよ。日刊ゲンダイ。

**いしい**　あ、あれはちゃんと読んでいる目だ。丸の内カフェじゃない。おもしろがって読んでいる目ですね。

**町田**　この場所は、つまりもう、ぜんぜん会社じゃないんだね。

**いしい**　みんなもう会社員じゃない。ははは、僕わりと日刊ゲンダイを読むんです。なにが好きかって、あの一ページマンガ、オット君というちんちんのオットセイがでてくるマンガがすごく好きで。「それゆけ大将」。

**町田**　あんなん、まだやってるんですか。あんなん俺が小学生ぐらいのときからやっているのに。

**いしい**　オット君だけじゃなくて、最近、指のコットセイとか、コットセイの二連攻撃とかがあって、もうめちゃくちゃで……。

**町田**　女性にてんごするはなしですよね。

**いしい**　そうそう、「潮吹き貝のなかに突入ーッ」とかいって、「コットセイ一号、いきますーっ！」

**町田**　いしい君の声でかいから、向こうの店にもきこえてますよ。

# 仮設の空、仮設の苦悩

（新橋駅発新交通ゆりかもめ。外はくもり。先頭の席にいしい、町田のふたりがすわる。ガラス窓に進行方向の風景がひろがっている）

**町田**　こんな乗り物でもあかんの？　はは、前の台のとこ、にぎっているもんね。

**いしい**　いや、ほんとあぶないですよこれは。

**町田**　ほほ、落ちるときは一緒や、そんなとこ持っていても、自分の力で支えることはできませんから。いしい君、飛行機はだいじょうぶ？

**いしい**　あれはだいじょうぶです、縁がみえないし。

**町田**　ふち？

**いしい**　縁。へりがみえててその向こうがみえない、っていうのが、僕はだめなんです。だから、階段とかおりるのもにがて。ああっ、動いた！（ゆりかもめ前進）

**町田**　はははは、羽田いくときのモノレールは？

**いしい**　乗りますかいな。バスでいきます。あんなもん、飛行機乗る前にサヨナラです。

**町田**　へえ（高層ビルがいくつも車窓からみえる。ビルのなかでネクタイ姿のひとが働いている）、ああやって窓の縁ぎりぎりで働いてるひともいるっちゅうのに。

**いしい**　もう、外のことはいわないでください。おねがいだから、車内に目をむけてください。

**町田**　うーん（声をひそめて）、ふつうのひとが多いですね。

**いしい**　カップルも含めて、なんだか……。

**町田**　ダイエーに買い物にでもいくような。いしいさん、あの青年はまた。
**いしい**　すっごい髪型ですな。
**町田**　アフロ。藪《やぶ》のような。
**いしい**　あの青年は「しか」ににていますね。
**町田**　（もう一度振り返り）ははは、ほんまや。
**いしい**　ね、けっこうきゅんとなるきれいな面立ちです。でもアフロなんや。なんだかまるで、しかが藪のなかからひょっこり頭つきだしたみたいな。
**町田**　つまり「やぶじか」だね。
**いしい**　やぶじかですね。「やぶしか」じゃなくって。
**町田**　どうもことばをつなげると、濁点をつけたくなっちゃうんだな。うん、やぶじかもお台場にいくんだな。
**いしい**　友達四人連れでね。
**町田**　リュックサックをしょってね。
（ゆりかもめ、ふつうのひとびと大勢を連れて、レインボーブリッジを渡っていく）
（海浜公園駅で下車。小雨がふりだしている。人工の砂浜に出ると、カップルが一組。他《た》愛《わい》のないことをいいあってすわっている）
**いしい**　たった今、あの女が奇妙なことをやりましたね（歩きながら）。

**町田**　なにをやりましたか。

**いしい**　砂地にすわった男にむかって、「いいかなあ？」って。なにがいいのかみているとヒールの高い靴で海のほうへ駆けだして、海鳥の群におもいきし石をほうりなげて。

**町田**　ああ、やってたやってた。

**いしい**　で、頭かかえて笑いながら、「きゃあっ　こわい！」と男のほうへ。あほ、こわいのはおどれやろ、と。

**町田**　あれはたぶん。こういう場所にくると、海岸を駆けめぐるとかなんとかそういうことをやらなければならないと思っているんだけれど、ただ駆けてもどってくるだけでは大人げないというか。

**いしい**　大人げないいうより、だいいちそれじゃ、意味がわからないし。

**町田**　だから、いちおう、鳥めがけて石を投げてみたと。

**いしい**　で、その凶暴さをかくすために、男に「きゃあ、わたしのほうがこわかったわ」と媚態《びたい》を示してみせた。

**町田**　無邪気さ、あるいはこどもっぽさ、そういう世界ですね。今日は絶対、このことだけは話し合いたいと思ってきたんだけれど……。俺、このお台場、ときどき来るんですね。

**いしい**　あ、そうですか。意外ですね。

**町田**　たまに、疲れたときとか。

**いしい**　ひとりになりたいときとか。

**町田**　孤独を求めてとか、はは、それはどうでもいいんですけど……。夜、日記を書くでしょう、そのときお台場へいったというのを書こうとして、「お台場」っていうのがどうにも書きにくいんです。

**いしい**　「お」問題ですね。

**町田**　そう、「お」がつくという。だから日記には「台場」と書くんですが。

**いしい**　「台場」ってのもいやに座りが悪い。

**町田**　座り悪いんですよ。だからね、そのへん、なんで台場には「お」がつくのかという、これは前にいしいさんからも出てきた問題で、是非ちょっと、なんでやねんということを考えてみたい。まずひとつあるのは、台場というのはもともと、砲台があったわけでしょう。江戸の海から敵が攻めてくるかもしれんから、大砲を据え付けて。

**いしい**　迎え撃つわけです。

**町田**　で、台場というのは、そういうお上のやっていることだから、いちおう尊敬するというか、台場とか呼び捨てにしたら悪いんちゃうの。と、つまり敬称的な意味で「お」をつける。

**いしい**　それは京都御所の「御」に似ていますね。

**町田**　そうですね。

**いしい**　あれは「御」がなかったら「所」だけ。わけがわからない。

**町田**　御所、それに御嶽山《おんたけさん》もそうですね。

**いしい**　ただこれらは漢字ですね。漢字だから、御所とか御嶽山には、一体感があって「御」を落とそうという気にはぜんぜんならない。「お」問題は、ぼくは、ひらがなってことも重要だと思うんです。

**町田**　それは庶民が「おだいば」いうてたからとちがうかな。

**いしい**　庶民？

**町田**　なので、口語として「お」をつけた。

**いしい**　でも、台場は漢字で広まっているでしょう。ひらがなのこしゃくさっていうのは、ぼくも自分の名前をひらがなで書いているので……。

**町田**　ははははは。

**いしい**　あまりいいたくないというか、だからこそ感じることかもしれませんが、南海電車の終着が「難波」から「なんば」になったとき、なんか非常に、おちょくられているような気がしたんですよ。大阪ってひらがな多いですね。

**町田**　そうだね、なにわけいさつ、そねざきけいさつ、って全部、警察ってひらがなで書いてありますね。

**いしい**　警察はまあ、別の配慮をしていることはあると思うんですけど、なんかね、ひらがなで書かれると、ある種の幼児性をこっちに求めてきてるような。そんな、いきなりそんなもの求められてもな、という……。

**町田**　「お前もその幼児の群にはいれよ」みたいな。
**いしい**　「しょせん、お前もひらがな程度の幼児なんだろ」
**町田**　「お前も鳥に石でも投げて『きゃあ、こわい』っていえよ」みたいな。はは。それでさらに変なのが、駅名とかは「台場」って書いてあるわけ。
**いしい**　「お」をつけず、漢字だけで書いてありますね。
**町田**　なのにここで働いているフジテレビのアナウンサーは、「お台場の今日の天気は」と、「お」をつけていうているんですね。
**いしい**　それは、驚いてるっていう表現かも。「おっ！」
**町田**　「おっ！　台場！」
**いしい**　「おっ、台場海浜公園の天気は大嵐か？」
**町田**　たしかに、御所は「御」に「所」じゃなくて「御所」だと思うんですよ。「御嶽山」も「嶽」の「山」に「御」をつけたんじゃなくて、もう「御嶽山」なわけです。つまりそれは、「柳家小《やなぎやこ》さん」なんですよ。
**いしい**　ああ、「柳家さん、ミニ」じゃなくって、柳家小さん。なるほど。
**町田**　「小」さん、でもなくて。だから「御所」はお台場的にいうなら、「お御所」になるわけですな。
**いしい**　いいにくいなあ。御嶽山は「お御嶽山」になるわけか。
**町田**　「柳家小さん」を、ごっつい軽蔑《けいべつ》してやろうと思って、さんをとって「小」とかいっても意味をなさないですね。やっぱり「小さん」になる。ところがオリバー君の場合だと、このオリバーが！　ってなるでしょう。

**いしい**　ていねいにいったならば、オリバーさん。

**町田**　そうそう、オリバー君さんには、ならない。やっぱり貫禄《かんろく》というか、そのかたが積み重ねてきた業績から、って、ひとじゃなくて場所も、そういうのが関係してるんじゃないか。だから台場はまだ、そういう点で浅いので、まだまだひらがなの「お」ぐらいのもんだよ、っていうことがあると思う。

（はなしながら展望台の建物へ。エレベーターに乗り込み、三階のボタンを押す。機械の音声で「ドアが閉まります……」）

**町田**　いちいちうな！　雨、ちゃんと降ってきましたね。三階に屋根のあることを望むばかりです。

**いしい**　あんまり展望しすぎると僕はいやです。

（エレベーターの音声「三階です、ドアが開きます、手を触れないでください……」）

**町田**　いうな、いちいち。わかっとんねんこっちは。ああ、ここは展望台いうより展望室ですね。

**いしい**　「お」問題にはね、たしかに、歴史的な事情があるというのもわかるんですけれど、いま現在のいわれかたっていうのはなんか客寄せというか、「ほらみなさーん、こっちこっち」いうたら全員かっくん首かたむけるみたいな……。

**町田**　それ、ぜんぜんわけがわからないですよ。

**いしい**　そういうファンシーの気配を、お台場、って最初にきいたとき感じてしまったんです。

**町田**　じゃあ、ごっつい凶悪なヤクザのひとがきて、「おい、ちょっとお前お台場まで顔貸せや」いうのは変やと。

**いしい**　似合わない。

**町田**　そういうときは「台場」というてほしいということでしょう。

**いしい**　ただ、「ちょっと台場まで来いよ」というのも……。町田さんが日記を書かれるとき、「台場」だと座りが悪い、っていうのもね、わざわざ感が。わざわざ「お台場」から「お」を取っている、逆に「お」を意識せずにいられない、ファンシー負けしてしまっているという感じが……。

**町田**　なるほどね。

**いしい**　「俺はキティちゃんなんていうてたまるか」ってひとがいたとします。「あんな猫、キティとしか呼ばん」と。このひとはえらい強情なひとで、ほかにも「うさちゃん？へっ、知るかい、そんなもん俺は『うさ』でええ！」

**町田**　「サザエさん？『サザエ』や！」

**いしい**　本屋で「サザエくれ」と。

**町田**　店員もわけがわからない。

**いしい**　だからお台場に「お」をつけなくったって、いや、かえってつけないほうが、このひとは「お」を非常に意識してしまっている、とそういう風に思うわけです。

**町田**　そうですね。すごい意識してる感じですね。

**いしい**　どちらにせよ負けてしまっていると。「お」問題を意識してしまった時点で、僕はそういうファンシーな世間に負けちゃっている。

**町田**　さっきのゆりかもめのなかもそうだったけど、お台場に来るひとはぜんぜんファッショナブルな感じではなくて、どっちかいうたらどんくさい感じのひととか多いし、逆にそのへん、「お台場」は「お台場」でこなれてきているのかなとは思いますね。

(展望室から人工の浜がみえる。さきほどのカップルとは別の、中年カップルが小雨のなか椅子にすわっている。プラスティックの椅子が飛ばされるほどの風が吹いている)

**いしい**　わあ、今あのおっさんが、飛んできた椅子、片手で押さえましたね。おばはんに当たらんように。

**町田**　騎士道精神。

**いしい**　お台場はデートコースってきいたんですけど。

**町田**　うん、敷居の低いデートコースですね。

**いしい**　いきなり二組、珍しいカップルにも会ったし。

**町田**　うん、悩みってことでいうと、「カップルの悩み」というのは、なかなかそのふたりが「カップルらしくならない」ってことでしょうね。
**いしい**　わたしたち、どうしてこんな、カップルっぽくないのかと。それはどういうことですか？
**町田**　たとえば、ふたりで近所の定食屋とかいって、向かいあわせに座って、「ちょっとその、ソースとって」……。
**いしい**　そういうのは、カップルらしくないのかな？
**町田**　「割り箸《ばし》とってくれって……。あ、ここにあったわ」とか、大阪弁でいうてるせいもあるんですけど。要するに、日常的やとだめなんですよ。日常がだめというのは、別に、いってる場所がファッショナブルであるとか、しゃれているとか、そういうことじゃないんですね。結局、「普段」じゃだめなんです。みんな普段に飽きちゃって、イベントに中毒しているから、ある種イベント性というのか、普段じゃないという感じがなんかないと、カップルらしくならないんです。ほら（砂浜からショッピングモールのほうへ視線を向け）、わりと「普段」じゃないでしょう？
**いしい**　ええ、変ですね。
**町田**　昼休みに会社の窓ながめてみる風景じゃあない。せいぜい隅田川沿いの会社から船みてるとか……川か……海とか川とか、水際みたいなことが関係するんかな。
**いしい**　ただ、海にしても、瀬戸内海に、たとえば徳山という街があって……。

**町田**　うんうん。

**いしい**　そこの造船所で彼女が工員に弁当を届け、じゃ、海でも眺めながら食べようか。これもまあ、普段なんですよ。水際でも別に。つまり、この造船所の工員とその彼女はイベント中毒じゃなくて、普段のなかでもじゅうぶんイベント性を感じられるというわけですね。それが、かえってふたりがお台場なんて来たら……。

**町田**　かちこちになっちゃう。

**いしい**　ここは全部が全部、人工な感じですね。砂浜はもちろん、空気さえも。

**町田**　それはあると思いますね。はりぼて感というか、かきわりの人生。

**いしい**　重苦しくないですね。

**町田**　重苦しくない。えんえん仮設っていう……。東京の虚構性にそれがマッチしてるんじゃないですか。

**いしい**　ゆりかもめでも自動車でも、橋渡ってくるでしょう、こっちまで。別の島、パノラマ島じゃないけど、普段の世界から架空の消費遊園地に遊びにくるという。でも、うん、ばからしいな。

**町田**　はは、嫌ってる。

**いしい**　同じもん買うんですかね、その、島の向こうとこっちと。

**町田**　どうでしょうね、向こうでは買わないものを、つい買っちゃうようなことはたまにあるんかな。そのへんはなんとなく狡猾《こうかつ》。おお、雨のなかサーフィンしてますな。サーフィンがまたわけわからんですな。
(デックス東京なるショッピングビルへはいる。ガラスにかこまれたDJブースで女性がふたりほがらかに喋《しゃべ》っている。かかっている音楽はレゲエ)
**いしい** この商店街は、なんというか、ユニクロな感じがしますね。
**町田** はあ、はあ、ユニクロ感が。
**いしい** 表面はカラフルで、奥行きがまったくない。
**町田** いわゆる「いま」の感じですね。いま感。
**いしい** 「いま熱海《あたみ》」かな……?
**町田** いま熱海?
**いしい** ほんまの熱海って、日帰りには遠いし、古くさいイメージがあるし、新しいものができるってこともなさそうなので、昔にくらべて、わざわざみんな行かなくなりましたよね。でも、熱海感覚ではしゃぐ場所というのは必要で、いつの時代だって、誰のこころも実は熱海をもとめていると。
**町田** うんうん。
**いしい** それっていうのは、結局、さっき町田さんがおっしゃった「普段じゃなさ」のことなんじゃないか。熱海に一見あまり普通のものはないけど、ひとがいってやることは実は普通であって、別に目新しい遊びをするわけじゃない、飯食って、でかい風呂《ふろ》はいって、卓球するくらいのもんですから。このビルのなかの装飾や色使い、のんびりした海の気配とか……。熱海を意識してここがつくられたってわけはないでしょうけれど……。

**町田**　機能としての熱海ね。

**いしい**　熱海でわざわざファッショナブルは競わないし、だらだらと気楽に散策できる、ゆるんだ空気がある。お台場のこのあたりも同じで、ただちがうのは、やっぱり昔の、ほんとの熱海は、行くのに時間がかかったし、家庭で何日も前からうきうきして……。

**町田**　予定をたててね。

**いしい**　で、いくつもトンネルをくぐった末にみえてくる海とか、じょじょに盛り上がっていく一大イベント性があったように思うんですが、ここはただひたすら熱海機能だけをとりだして、手早くリミックスしてみた、って感じをうけます。

**町田**　コンビニエンス感覚やろね。巨大なコンビニ。近くて安い。夜中にさ、別になに買いにいくでもない、なぜかドンキホーテにいるみたいな。こんな夜更けになんで俺トイレットペーパー買わなあかんの、って。

**いしい**　浄水の蛇口とか。けど、ただのコンビニエンスストアでもないでしょう。ここにたったひとりで来るひとって、おそらくアルバイトのひとを除いて、ほとんどが複数で連れ立ってくる。そのへんドンキホーテ性とはずいぶんちがった面が。

**町田**　うん、そうですね。やっぱり恋愛的なことが関係しているのかな。

**いしい**　やはりラブですか。

**町田**　ラブは大きいでしょう。

（デックス東京の端にある室内オープンカフェへ入店。中心をはずれると意外なほどがらんとしている。広い喫茶店内、ぽつりぽつりと数えられるほどの人影）

**町田**　こういう場所では、喧嘩《けんか》って起こりにくいのかな。

**いしい**　喧嘩になりにくいというのはあると思いますね。

**町田**　それぞれの場所にけっこうな広さがあって、ひとととひととの関係が浸食されない。

**いしい**　突発的な出来事、予期もしないような事件って起こりにくいでしょう。

**町田**　デートで恵比寿《えびす》や六本木にいくのと何がちがうかっていうと、街って、読めないんですよね。たとえば予算とか。街なかで「ここおもろそうやな、はいってみよか」いうて、それはだいたいおもろないんやけど、知らんうちにお金をつかってしまっているとか、その街にいって、金がなんぼあったらええんやというのが読めないわけ。

**いしい**　それがまた、おもしろいということもあります。

**町田**　そうそう。おばあちゃんが小唄《こうた》教えてる家の隣におもろい店があったり、その隣はクリーニング屋だったり、めちゃくちゃで、ひとがつくっているんだけど自然発生的で。街ってそういうふうになっている。だからこそ、街はおもしろいんですけどね。

**いしい**　なにが起こるかわからないというところがね、人間のどうしようもなさで。

**町田**　こういう人工的にパッケージされた場所って、それがないんですよ。だから予算が組みやすい。三千円やったら三千円で遊べるし、五千円やったら五千円、一万円やったら一万円で遊べる。危険がない。

**いしい**　カップルの片一方が因縁つけられるとか、そういう危険もない。

**町田**　夾雑物《きょうざつぶつ》がないというか、普通の街やったら、ってここも普通の街のつもりなんでしょうけど、暴力バーとかチンピラとか……。

**いしい**　アル中のおっさんがとびだしてくるかもわからんし。

**町田**　飯屋でつくっているひとの目がみえないかもしれないし。そういうのがないんですね。すこぶる人工的で、なんていうんやろ、僕ら人間じゃなくなっていくよねというようなところが、逆に、おもしろいというか。

**いしい**　ああ、なるほど。

**町田**　なんとなくギャグっぽいよね。傷つかない。みんなね、傷つくことに悩んでいるひとが多いんですよ。ひとを傷つけてしまったんじゃないかとか、自分は傷ついてしまったんやないかとか。

**いしい**　それはつまり、自分が傷ついたかどうかも、自分でわからないと。

**町田**　なんや「傷つく」ということが最大の悪で、「ひとを傷つけるようなことというようなよ」っていわれるともう、憲法違反でもしているかのような。

**いしい**　うん、そういうことに対する防御機構というか、ふたりとも、なにいってるのかわかんなくなっちゃってるみたいな会話、電車や喫茶店でよくききますね。

**町田**　どんなん？

**いしい**　「ざけんなよ」「どっちがだよ」「ざけんじゃねえよ」「そっちだろ」ってこの二語の変奏だけがえんえんとくりかえされていくという。

**町田**　ああ、ありますね。

**いしい**　「まじ？」「なんで？」「だって、まじ？」「なんでよ」とか。本人たちには意味がわかってんでしょうが、はたからきいてて、意味をふるいおとしていくようなスピード感っていうのが、実におもしろくて。

**町田**　やってみましょうか？

（両者むきあい）

**いしい**　「まじ？」

**町田**　「なんで？」

**いしい**　「まじかよ？」

**町田**　「だからなんでやねん」

**いしい**　はは。「まじめにぃ？」

**町田**　なんでやいうてきいとんねん！　って……。すぐ終わってもうたね。

**いしい**　緊張に耐えられない。いたずら電話しようとして、むこうが取ったら、すぐ受話器おいてもうたような。こういう会話、あれに似てますね、ほら、丸の内カフェの会社員たち。

**町田**　ああ、半びとりの半つながり。チャネルにつながってるような、つながっていないような。

**いしい**　情報内容のやりとりはないけど、べたーっと回線ひらいていると。お台場のひとたちは、まあ、移動してきているわけだから、つながってるほうが強いんだと思うんですが、ただねえ、この場所の雰囲気は、やはり「ざけんなよ」でしょう。

**町田**　また怒っている。

**いしい**　ひとまでかきわりっぽくみえてしまうし。

**町田**　来てるひとにとったら、ここはさ、地域的なものが延長されてるというか、お茶の間の雰囲気そのままというか。僻地《へきち》とか、ものすごく緊張する場所でもないし。ずいぶんリラックスしているよね。なんか、村のはずれの映画館にでかけているような感覚やないかな。都心のファッショナブルな場所だと、もっと緊張していると思うんですね。

**いしい**　こういうとこやったら、だいじょうぶ。危険はないと。

**町田**　そうそう。浅草寺の境内みたいな。裏手のパラダイスはここにはないけど。

**いしい**　みんな、ある程度。お台場の「お」に救われているというところが。

**町田**　ああ、やっぱり救われているんだね。

**いしい**　「お」がついているから、いいやつだから、わたしたちを傷つけたりはしないだろう、と。あるいは、ほんものじゃない。セットだから安心。たとえ傷つけてもうその傷だし。

町田　横浜に、なんだか、ラーメン屋街を再現したセットみたいな……。

いしい　「ラーメン博物館」でしたっけ。

町田　それです。昭和三十年代の街を建物のなかにつくりあげたやつ。建物のなかに街をっていうのはたぶんそれが最初でしょう。

いしい　ただ、あれは最初から「ノスタルジーを感じましょう」ってテーマがあって、そのテーマに添ってわりと綿密に細部をつくりあげていて、その無駄な感じ、ばからしいテイストを、博物館のほうでも客へ明確に伝えようとしていました。ここにはそういう覚悟もない。

町田　しょせんはんとうじゃないと。ただ、全部ほんとうって、しんどいですよやっぱり。

いしい　僕もうそは好きだけど、もっと上手についてみせろっていう……。

町田　怒りがあるんですね。

いしい　いらいらしますね。

（店内放送でアメリカ女性歌手のポピュラーな歌が流れている。ふたり、それぞれコーヒーの追加を注文）

いしい　大泉の母っていう有名な占い師に会ったんです。彼女がいっていたのは、女性の悩みは男に尽きると。たとえば僕が目撃した光景ですが、大泉の占い喫茶で、中年女性が大泉の母の前にすわる。で、きく、「あなたのこと？　それとも旦那《だんな》のこと？」すると女性がこたえます。「いや私のことです」って。「私、仕事をはじめようと思うんですが、どんな仕事がいいでしょうか？」

**町田**　うんうん。

**いしい**　ところが大泉の母がどんどんきいていくと、事情がわかってくる。なんで仕事をはじめるかというと、離婚をしたいと。なんで離婚したいかというと、男がぜんぜん働いてくれない。大泉の母がききます、「旦那が働いてないのに、どうしてあんた生活できてるの？」すると、「向こうの義理の母が『いいよ、働かなくったって』といってお金をもってくる。こんな家にいたくありません」「やっぱりあんたの男のことじゃないか」と。

**町田**　深いはなしですね。

**いしい**　さいしょいろんなことといっても、いろいろたぐっていくと、結局女のひとがもちかける悩みは、連れ合いやと。そこへ落ち着いてしまうんだよ、と大泉の母は笑っておられました。

**町田**　うん、おもしろい。逆にいうと、女性は、恋愛についての悩みは、意外に自分についてはない？

**いしい**　そういうことでしょうね。

**町田**　相手が思いどおりにならないという……。

**いしい**　どうでしょうね、相手が自分にとって、こんなにだめになっちゃった、というんじゃないかな。乱暴だとか、働かないとか、浮気性だとか。

**町田**　おやじ一升瓶ふりまわしてとか。馬に乗って走りながら矢を射ってくるとか。

**いしい**　警察いきなはれ。

**町田**　それってね、いつも思うんですけど、善悪って基準でいうたら、ものすごく簡単にはなしはつくわけです。亡くなったけど、ミヤコ蝶々《ちょうちょう》のとこに、うちの旦那《だんな》がぜんぜん働かへんのです、といいにいったら、たぶん、ひとこと……。

**いしい**　「別れなはれ」

**町田**　まさにそうです。ただ、そんなに善悪のバックボーンって信用できるもんなのかなと。男が働かない、それは一面、悪いことかもしれないけど、その女のひとは男と一緒に住んでいるわけでしょう。生活は楽なわけじゃないですか。

**いしい**　義理の母が金もってくるし。

**町田**　たとえば、雑誌の仕事でたのんだカメラマンが、ぜんぜんピントも合わせられないやつやったと。それは、よう合わさんそいつにたのんだ自分が悪いのか、カメラマンのくせにピント合わせられないカメラマンが悪いのか、どっちともいえんでしょう。

**いしい**　大泉の母は、怒るんです。ひどく。

**町田**　いしい君のように。

**いしい**　ひたすらいうんです、「女はばかだ」って。「あんたみたいなのが多いからこの世の女がなめられる」って。きいているとなんだか、占い相手のかかえる「男の悩み」を、なんとかそのひと本人の問題に着地させよう、ひきとらせて帰そうとしているみたいでした。

**町田**　ああ、なるほどね。

**いしい**　あとで彼女にきくと、「うちに来る恋愛がらみの女は、ほとんど全員おまじないみたいなものを求めている」って。それを唱えれば、あっという間に事態がよくなる、呪《じゅ》文《もん》みたいなものを。「そんなもの、あるわけない！　あたしは魔女じゃないんだから。それを、みんな自分ではなあんにも考えず、手抜きしてさ、むかっぱらが立つよ！」

**町田**　大泉の母もいしいさんも、まじめなんですね。

**いしい**　ただね、善悪とか、単純な割り切りではなくて、もちろんどっちが悪いとかじゃなくて、人間関係の悩みって、とらえどころのない、ことばでは、なかなか解決しきれないもんだと思います。さっきのミヤコ蝶々の例って、僕はあのひとがいうなら「そうかな」と思ってしまうんだけど。

**町田**　うんうん。

**いしい**　それは善悪というより、「ミヤコ蝶々」っていう、巨大なわけのわからんバックボーンのせいでしょう。

**町田**　うん、たしかにそうですね。じゃあ占いでも、わけのわからないことで対抗するっていうの、どうでしょうか。もっともらしい顔して、「うーむ」とかいってね、「鳩をねえ、毎日三羽ずつつかまえてきて、首切って屋根に投げること」。

**いしい**　ははは。

**町田**　これはこれで、そうかしらん、って、やっちゃうひといるでしょう。オッケーということですよね。

**いしい**　オッケーでしょう。風水ですからね。

**町田**　「残った胴体をゆりかもめに接いで、包帯で巻いて、それをもって商店街を走りなさい。お百度参りっちゅうことや」

**いしい**　オッケーです。風水っちゅうことですから。ただ、走る方向まちがったらいけませんね。西ね。西です。

**町田**　西ね。おまじないいうのは、別に、どうでもええんですよ、効いたか効かなかったかなんて。それによって状況が好転しなくとも関係なくて、ただ、やっているときの充足感だけでね。

**いしい**　そのときはほんと、単純に忘れるでしょう。それを一生やりつづけることができれば、どんな悩みだって解消されるわけです。一生おまじない。一生太鼓たたき。それでいいひともいるだろうけど、ただ、全員ができるか、一生ゆりかもめダッシュ……。

**町田**　万人には勧められない。

（喫茶店を出て板張りのテラスにでる。にせものの自由の女神が唐突にあらわれる。縮小されたサイズ。みなその前で記念写真を撮っている）

**町田**　恋愛というのは、まあ、瑣末《さまつ》にちがったところはあるけれど、人間がやることですからね、そんな変わったことはせえへん。

**いしい**　だいたいは同じようなことをやっている。自由の女神をみながら、カップルがえんえんと現代物理学のはなしをしている、そんなんないでしょう。

**町田**　服装とか、喋《しゃべ》ってる内容とか、そんな変わったやつはいない。

**いしい**　「素粒子がさあ」とか。「タキオンでしょ、やっぱり」

**町田**　ははははは、タキオンって。

**いしい**　「タキオンになりてえ！」とか。

**町田**　タキオンになりたいなんていってるやついないでしょう。結局、恋愛はなにかというたら、自分がここにいるんだということをいうてほしいわけですよ。自分は、違うと。違っていると。それがなかなかね、だいたいみんな一緒やということに半ば気づいていながら、でも違うと思いこんでいるから、そういう間でなんだかんだ悩んでいると。

**いしい**　つまり恋愛の悩みって、恋愛相手が自分のことを特別視してくれないという。

**町田**　完全にそうだね。

**いしい**　さっきの占いの女も、相手が自分より母親のほうを……。

**町田**　うん、そうなんじゃないですか。だから「君、今日は誕生日だね」いうて、プレゼントされた指輪がたった五百円のおもちゃやった、とか、そういうのは悩みにならないんです。

**いしい**　「このひと、ばかにしているんじゃないでしょうか」とかでなくて。

**町田**　なんかね、隣に住んでいるひとにも五百円の指輪をあげている。もう、配りまくっている。それが悩みになる。逆もありますね、男が、相手の女に「ごっついええ男や、と思われているな」と思いこんでいて、ところがよくよく考えてみると、あまり思われてへんかった。あれ、なんでかいうたら、俺ごっつうええわけやないんかな、とか。

**いしい**　ごっついええ男やないらしい、と気づいたときが、一種、恋愛の諦《あきら》め第一段階やと思いますね。そして、次の段階では……。

**町田**　卑屈になっていく。

**いしい**　ははは、やっぱりそうなりますかね。

**町田**　なんとか虚飾をこらして、とか、そういう方向へはいかない。シニカルになっていく。しょせんさ、みたいな。

**いしい**　厭世《えんせい》的になって、どんどんごっつくなくなっていく。

**町田**　にやにや笑いながら、じゃ、とか。ちょっと、とかいって。

**いしい**　それ、よくわかりませんけど。

**町田**　なんというか安全な平和な空気で。

**いしい**　女性の場合はどうでしょうね。つきあってた男が小鳩みたいにおとなしいやつだと思ってたら、もう、オットセイやったと。ほうぼうに巣をこさえて。

**町田**　悩み相談してくるようなひとはね、もう、これは、どうしようもない、という態度なんですよ。でもやっぱり、なんとかならんでしょうかと。

**いしい**　なんとか、って、いってみれば、いろんな方向にたこ足状にのびた男の足があって、それを一本だけ残してほかは全部切ってください……。

**町田**　まあ、そういうこと。はは、俺にいわれてもしゃあない。もう諦めたらいいのか、我慢する方向で努力したほうがいいでしょうか、って。

**いしい**　うーん、思うんですけど、その女のひとは、たこ足の一本にとりついた、まあ、しじみ貝のようなものだとしますよね。そのしじみ貝もたこになればいいんですよ。

**町田**　ほうほう。

**いしい**　たこ対たこ。

**町田**　なるほど。

**いしい**　そしたら、わりとうまくいくんでは。

**町田**　そのたこはふたりだけじゃないわけですね。

**いしい**　うん、案外まわりには、知らないうちにたこ同士、ぱーっとモザイク状につながっていったりして。

**町田**　ははは、そんなにいない。そんなにいないですよ。うん、たしかに、一本ずつの足、って恋愛してるひと同士が思いこんでるとするなら、余った七本をもてあましているのが本当の悩みかもしれんね。

**いしい**　八本分のパワーを一本に集約しようとするから問題が生じるんであって。

**町田**　だからこう（両手をくるりと胸の前で丸め）、こう置いといたらええんとちゃうの、余ったやつを。
**いしい**　自らね。で、ずるずる吸いながら（からだを丸めて）一本足だけ除いて消えてしまうとか。
**町田**　あ、要するにリバーシブルか。

（トヨタの広大なショールーム。天井は鉄骨むき出し。カップルや親子が様々な自動車の乗り心地を試している。ふたりも四輪駆動車に乗り込む。免許のある町田は運転席、無免許のいしいは助手席。フロントガラス越しに場内を眺めながら）
**いしい**　ふうん、特に自動車マニアが集っているって感じじゃないんですね。
**町田**　そやね、ほら、カップルがあんな感じで（笑いながらおっかけっこ）。
**いしい**　あの人工の浜辺から、だいたいふつうのカップルは、僕らが通ってきたのと同じルートで……。
**町田**　うん、こんなに素早くは移動しないと思うけど。
**いしい**　たしかにお金なしで時間つぶせますね。
**町田**　だから、データ本なんかみると、「ただ」というの多いです。ただで入れる。ただで遊べる。実際の街と違うのは、無料が予測できるところで。
**いしい**　さっき橋の上からみた、ショッピングセンターの裏側。リアルの倉庫街、産業の港のほうへいっちゃうと、予測もなにもつかないでしょう。このショールーム受付のおねえさんが「そちらは入場禁止になっておりますので」というところを、港のおっさんらは「おどれ、どこはいってきとんね?」みたいにいうわけでしょう。

**町田**　大阪弁ではないと思いますけど。

**いしい**　標準語でも、まあ、そんなふうにいわれると、男のこのほうは顔面がおびえ、そのおびえた面をみて女のこが「あら、このひとちょっと弱虫だわ」と思ったりする。

**町田**　そういうケースもあるし、具体的にはやはり、悪漢に殺されるとか。

**いしい**　それぜんぜん、具体的というより、おとぎ話でしょう。

**町田**　ただ、港とかって悪漢がけっこういるから。

**いしい**　コンクリ袋もった悪漢に追いかけられたとしたら、悩みなんてふっとぶでしょうが。

**町田**　そうですね。はは、このショールームのなかでいうとね、みんなやっぱりこういう場所で悩みを忘れられるほどあほじゃあない。ここは普通の場所ってことです、まだ弱い、悩みという側面からいうと。

**いしい**　悩みを破壊する力はないですね。さっきから、まわりをぐるぐる回っているのはなんですか、あのふざけた自動車は。

**町田**　電気自動車。

**いしい**　へえ。

**町田**　いしい君も乗れますよ。

**いしい**　免許ないのに？

**町田**　だってほら、こどもも並んでいる。

**いしい**　うーん、乗りたくないですね。

**町田**　ああ、縁がみえているものね。

**いしい**　あ、あのカップルが行列に加わります。女のこのほうが先に目をつけました。

（いしい、声色をかえてひとり芝居）

「電気ですって。しびれないのかしら」

「しびれるんじゃないかなあ」

「乗ろうか？」

「うーん、いいね……」

「だいじょうぶ？　縁、みえてるよ。でも、ね、乗ろうよ」

「どうしよっかなあ」

「電気、しびれよう」

ぶ〜ん。

「しびれるか」

**町田**　だからその、ぶ〜んって効果音は何の音？　考えてるん？

**いしい**　正解です。

**町田**　どこで止めたらええのか。一瞬、心配になってしまいました。ただね、自動車っていうのは、百万円とか三百万円とか、高いものになると数千万だとか。

**いしい**　ああ、おはらいする物件としては……。

**町田**　そう、かなり強力。みんな好きっちゅうか、買いたいと思っている。だから自動車をみているひとたちをこうしてみていると、この時代になってもみんな嬉《うれ》しそうでね、希望が感じられる。将来のおはらいへの望みが、自動車に象徴されているかのようですね。

**いしい**　ぼくは自動車を買ったことはないですけれど、こうしてみていると、買う前のこういう状況がいちばん幸せなんじゃないか、いざ買ってしまうと、ああ、別のにしておけばよかった、って思うことがあるんじゃないですか。

**町田**　それも、欲望のたこ足問題につながりますね。

（両名、自動車をおりショールームの外に出る。橋の下ではライブハウスの前に行列ができている。アナウンス「一番から五番目までのお客様、おすすみください」）

**いしい**　ライブハウスって一種、没我になりませんか。

**町田**　酔っぱらい度は高いね。

**いしい**　お客のほうも、やっているほうも。

**町田**　これは何のライブなのかな。

**いしい**　ぶ〜ん。

町田　ああ、考えているんですね。
いしい　客層からして、ヒップホップの類《たぐい》じゃないでしょうか。
町田　あ、いしい君、あそこにやぶじかがいますよ。
いしい　ああ、ほんとだ。やぶじかたちはこのライブをみにきてたのか。いいライブであることを願いたいものですね。誰がでるんだろう。
町田　ダフ屋のにいちゃんにきいたらわかるんちゃう？
いしい　菊水丸ではなさそうですね。
町田　はははは、菊水丸じゃあないね。
（アナウンス「つづいて千番までのお客様ご入場ください」、やぶじかとその友人たち、ライブハウスのなかへ消えていく）

（ヴィーナスフォートなるショッピングモール。天井にはにせの夕暮れ空が映し出され、にせの雲が流れている。蜂の巣状に入り組んでブランドショップが並んでいる。噴水に面した喫茶店に、町田、いしいのふたりはすわる）
いしい　噴水の真ん前。
町田　ど正面。やっぱりこの噴水にも、銭を投げ入れるひとが……。
いしい　でてきそうな感じですね。
町田　うしろ向きに銭を放る。なんかしらんけど、水たまっとったらそこに銭いれなしゃあないみたいな。阪急の泉の広場とか。

**いしい**　まったくふしぎですね。神社の水瓶《みずがめ》にも小銭が沈んでいますね。

**町田**　あれは賽銭《さいせん》です。

（鐘の音につづいてオルガン演奏）

**いしい**　なんでしょう、このあたりはブランドショップがはいっているのに、高級感というのか、客を選んでる様子がみじんもない。建物全体がひとつの店で、それぞれのブティックはただのコーナーにすぎへんというか、わざわざそのブティックになにか買いにきたんじゃない、ただぶらぶら散策するあいだ、ちょっと足を止めるって感じで。

**町田**　買い物ゲームというか、幼児感覚というかね。

**いしい**　緊張感がないですなあ。

**町田**　なんかね、しょせん買うつもりもないわけだから。ままごとやってるみたいなものでしょう。

**いしい**　だからね、お札のデザインが悪いって。

**町田**　恋愛も実は同じで、今は、ゲーム的に恋愛をしているひとが多いやない。ある一定の形から入ってもうて、それをキープしようとする。で、そのほうが楽でもある。だから、うまく型どおりにいかないんですよ、という悩みが生じる。

**いしい**　というのは？

**町田**　型どおりじゃないと。自分のつきあってる男がね。たとえば、まわりのみんながお台場にデートにいくというのに、わたしの彼は新橋演舞場ばっかりいこうとして困る、とかいう……。

**いしい**　いいじゃないですか、その彼は。新橋演舞場で何みてるかにもよるけど。

**町田**　ただ、そういうことに対して不安を感じる、っていうのはあるでしょう。他人とちがうことやる不安。

**いしい**　普段じゃいやだ、イベント性がほしい、っていうのとそれは……。

**町田**　矛盾してる？

**いしい**　いや、矛盾はないと思います。ただ、そのイベント性っていうのは、他人に話しても「いいねえ」って容易にわかってもらえる世間的なイベントじゃないと、不安ってことですよ。悪漢に追っかけられるとか、そんなものすごいイベントは、そういう恋愛を破壊する。ゲーム的な恋愛っていうのは、一対一じゃなくて、要するに、世間に参加するための口実なんじゃないですか。

**町田**　ああ、なるほど。

**いしい**　ただし、ゲーム的な恋愛といったって、当人たちは「型にはまってる」とは思わないでしょう。新橋演舞場にいくぐらいで、恋愛がおかしくなるっていうのは、それは演舞場が悪いわけじゃあない。

**町田**　もともと相性が……。

**いしい**　そう、相性がよくないのかもしれません。恋愛って、だらだらとつづけながら、それぞれの型をなんとなくつくっていくもんじゃないんですか。お台場とかディズニーランドとかいっていたって、「うん、自分たちはちゃんと型にはまっているぞ、よしよし」とは考えないんじゃないのかな。

**町田**　そうですね、だから雑誌やらをみて、あそこにいってみようとかいうのは、結局、予算から逆算して、ここならあとで晩飯も食えて、ホテル代もでてという。

**いしい**　ははは、生々しいはなしですね。

**町田**　いしい君はだいたい、なんぼぐらいで上げたらええと？

**いしい**　ぶ～ん……。落語ききにいくとして……。

**町田**　四千円ぐらい、今？

**いしい**　いや、浅草演芸ホールなら別ルートで九百円。

**町田**　ええ？　新宿の末広亭とかもっと高いでしょう。

**いしい**　中入りからはいったら二千円ぐらいじゃないですか。演芸ホールは九百円。出演者がつまらなければ木馬亭で浪曲をきく。はい、ききました。おもしろかった。初音小路の飲み屋、あいていればいく。

**町田**　なんかごっつい……。いわゆる女のこの幻想みたいのを打ち壊すようなコースですね。

**いしい**　いや、別に打ち壊そうとか……。たとえばですよ、知らんからよう例もだせませんけど、ぼくがなんか、スカイビルディングの屋上の。

**町田**　スカイビルディング！　もう名前からしてスカイビルディングな。
**いしい**　そこはこんな（天井をみあげ）にせ雲じゃなくて、リアル雲がが一っと流れていくようなところで、そこでぼくが、フランチ料理だとかですね……。
**町田**　フランチ？　フレンチでしょう。
**いしい**　フレンチノレンチ。
**町田**　ぜんぜんいえてませんね。
**いしい**　フレンチ料理とか、そういうのって気色悪いです。
**町田**　なにが気色悪い？　ザーキな感じがするってこと？
**いしい**　相手がどうより、自分がいや。ビルの縁がみえそうだし、飯は脂っこいし。わざわざそういうことしたいとぼくは思わない。
**町田**　ははは、イベントがないんだ。徹底的に普段。
**いしい**　はじめっからイベントに負けちゃってるんですよ。「お」と同じで。
（鼓笛隊のような装束のひとびとが噴水のまわりに現れる。「ようこそ、ヴィーナスフォートへ」とふぞろいにいう）
**いしい**　まんなかに馬がいますね。
（鼓笛隊の中央に、首から上が馬の人物がいる。リーダー格らしい）
**町田**　あれ、普段は何してるのかな。ふつうに働いとったらおかしいな。
**いしい**　馬のままでね。

町田　「困るなあ、いしい君、ふーっ、ぶるるるっ！」
いしい　流鏑馬《やぶさめ》委員会に電話しないと。
町田　このひとらは、いちおう軍なんですね。
いしい　トルコの軍隊でしょう。
町田　「トルコ」の根拠はなんですか。行進しているから？　そんなもん「トルコ行進曲」という曲があるだけで、なんの根拠にもなってやしねえ。へっ。
いしい　だってスペインって感じじゃないし。しかし馬のひとも、あれでよく外がみえますね。
町田　「ぼくも馬だけど、がんばってんねん、ぶるるるっ」
いしい　奇蹄目《きていもく》だけど。
町田　はははは、奇蹄目。
いしい　モウドウバにはなれないけど、ああして手はたたけるし。
町田　「蹄鉄が痛いんですよう」って。
（マイクをもった女性が「まもなく幸福のコイン投げがおこなわれます……」）
いしい　幸福の？　ああやって客からせめても小銭をむしりとろうという魂胆が。
町田　そんなに気に入りません？
いしい　だって馬連れて、軍服きて「金を投げろ」だなんて。
町田　そういわれてみれば、たしかにファシズムみたいな感じだね。

**いしい**　ああ、馬がこっちみていますよ。
**町田**　ちょっと、関係ないはなしかもしれないけど。
**いしい**　どうぞどうぞ。
**町田**　今日、地下鉄に乗っとったら、前にこびとのおっちゃんがいてね。こどもかと思ったらおとなやった。このこびとのおっちゃん、カメラバッグに、三脚に、モニターテレビをもっているんですよ。どうしてこんなものをもっているんだろうと思っていたら、ちょうど彼の目線ぐらいの位置に三脚を立てて、ビデオカメラを取り付けて、液晶調節して、前に座っているひとのこのへんぐらいが映るように調節しているんです。つまり、前に誰が座っているのかなと思ったら、女のこが座っているんですよ。
**いしい**　女のこはどうしているんですか。
**町田**　寝てたん。
**いしい**　寝てたのか。それはつまり盗撮をしているんですか？
**町田**　ははははは、それがぜんぜん「盗」に……。
**いしい**　ああ、盗になっていないと。
**町田**　そこまで堂々としていると誰もなんにもいえなくて、こびとのおっちゃんのふるまいにもうしろめたさはまったくなくて……。これを盗撮と呼んでええのか、って、ちょっと謎だったんですね。
**いしい**　胸に「忍者」って書いてある忍者服。

**町田**　そうそう、ぜんぜん忍んでないやないけ、って。

**いしい**　「私は嘘つきだよと嘘つき島のひとがいった」

**町田**　そんなふうなね。どっちやねん、という。

**いしい**　馬のひと、うまびとをみていて、町田さんはそのおっちゃんを思いだしたと。うん、つまり見えてるようでじつは見えてないんですね、世間から。あそこにいるうまびとも、盗撮するこびとも。

**町田**　なるほど。おもしろいですね。

**いしい**　みえてない、って視線を、うまびともこびとと本人もちゃんとわかってて、彼らがやるんなら「ああ、みえてない、みえないよ」と思われることしかやらない。うまのなかにはひとがいて、こびとのおっちゃんも、ちゃんと女のこに対し視線を投げている。でもその内側と世間とは、つながっていないから、世間のひとにはどうしようもない。所詮《しょせん》うまのなかからビデオテープ回しているようなもので。

**町田**　俺、かぶりものの経験ってあまりないんですけど、いろんな動物をかぶってきた、経験の豊かないしいさんにおたずねしたいんですが、あれってつまり、気楽な感じがするもんですか。

**いしい**　わりと気楽ですよ。穴にとじこもってまわりをみているみたいで、まわりからすればうさぎや犬の毛皮を着た一風変わったひとなんでしょうけど、こっちは普段通りに考えてますし。もちろん、安全かというとそうじゃなくって、酔っぱらいに殴られたりからまれたりは、しょっちゅうありましたが。

**町田**　殴られるんですか。

**いしい**　「うさぎじゃーん！」とかいって、頭の左右をばんばん、ばんばん、殴られるわけです。で、僕が甘いのは、そこで抵抗をしてしまうわけですよ。

**町田**　抵抗って？

**いしい**　「なに殴っとんねん、おら」いうて、うさぎのくせに、つい相手の胸ぐらをつかんでしまったり。

**町田**　向こうは意外でしょうね。

**いしい**　うさぎと思っていたら、なかにひとがいた。まあ、ひとがはいってるのは承知してるんでしょうけど、まさか、大阪弁で押してくるとは思ってないから。うさぎを付けたらずっとうさぎとして、殴られるがままになっていたほうが、世間のルールには合っているでしょう。うさぎが殴りかえすというのは、いってみれば、そのこびとのおっさんがみるみるうちに巨大化するとか、うまびとが客のこどもの風船を盗むとか、つまりルール違反なので。

**町田**　そのとおりですね。ただ、あのうまびとも、実際の街の新橋とかやったら、ぼこぼこにされるんじゃないかな。

**いしい**　ええ。ここはね、つくりもんという感じが全体を覆っているし、空も噴水もなにもかもつくりもんで、という前提でやっているから、まあ、ああいう馬もおるわと。ここでは自然なんですね。うさぎの恰好《かっこう》で新橋や六本木にいくというのはぜんぜん別で、それはもちろん、僕のほうが間違っていたわけです。

**町田** 「お前、なに六本木で馬なっとんねん」みたいな。いしい君の場合はね、うさぎでも馬でも、やっぱりなかのいしい君が現れてしまうので。

**いしい** ああ、そうでしょうね。

**町田** 世間のほうでも「お前は何か？ ひとがやってることに文句があんのか」と、メッセージを読みとってしまって、つまり「俺を殴ってみい」というふうに感じるんやないかと。一生馬でいくとか、一生うさぎでとか、そういう気合いがね、いしい君の場合は足らなかった。

**いしい** たしかに。

**町田** でも、その分、悩みはない。うさぎ着たって普段なんだから。

**いしい** ははは、僕は悩みがない。

**町田** 馬とかうさぎを着て、それでずっと一生通せてしまう、まわりからもうさぎ、馬としてずっと受け入れられる、というのは、ずいぶん悩みが深いんだと思いますよ。だって、無関心ということでしょう。

**いしい** そうですね。

**町田** お台場のそこらへんにひとが倒れていたとします。普通の人間の感覚でいったら「だいじょうぶ？」っていうと思う、でも誰もいわへんでしょう。俺もいわへんし。ここはお台場だから。
**いしい**　つくりものが寝てるような感覚に。
**町田**　そうそう。
**いしい**　うん、それは実際の街にも共通してきてるように思いますね。
**町田**　五、六年ぐらい前はそんなことなかった。じゃ、そのころはそんなに悩みは深くなかったのかな、という気はする。いまはうまびとが街に出ても、みんな馬のままでほっといてくれそうで。それはそれで、実に悩み深い感じが。馬のままであかんのは、どこでしょうね？
**いしい**　浅草の、あの藤棚の。
**町田**　あそこ、あきませんかね。
**いしい**　あそこは脱がないとだめだと思う。あそこだと、職業とか目的とか、なにがしかのもくろみをもって馬きてる、って感じがすると思います。きっと「脱げ」といわれるでしょうね。きてるほうも脱ぎたくなるだろうし。
**町田**　「なにかしにくる場所」じゃないから。目的が浮き彫りになっちゃうんでしょうね。そういう意味では、ほかの場所でも、馬を着ている必然性というか、それによって他人を喜ばせてやろうとか、人に好かれよう、嫌われようでもいいんだけど、馬の恰好で他人と関係を持とうとすると……。
**いしい**　失敗するでしょう。

**町田**　「これは受けるよ」と思って、パーティにごっつい奇抜な恰好していったら、奇抜すぎてみんなが引いてしまって、隅でしょんぼりしてるとか。

**いしい**　たとえば、和風の披露宴にポセイドンの恰好して、三つ叉《また》の槍《やり》もって。

**町田**　ははははは。

**いしい**　「あれ、なんのつもりだろう」って、みんな気にしてるのに、誰も話しかけようとしない。

**町田**　それは、ものすごく悩みは深そう。ただ、実際のはなしでいえば、いしい君みたいにほんとうに着るというのと、自分が馬だったらいいな、と思ってるだけっていうのは、やっぱり隔たりはありますね。思っているだけというのは、なんだか疑似体験で、考えがつくりものというか。思っているだけならば、みんなそれは、願望としてもっているでしょう。

**いしい**　着て、ためしてみればいいのに。

**町田**　だから、そこまではできないわけですよ。

**いしい**　なぜ着るか、とか、目的なんてどうでもいいんじゃないですか。

**町田**　うん、「君、なぜ馬の恰好しているの？」「ニンジンが好きだから」とか、あまりそういう必要はないよね。

（噴水のまわりに集ったひとびとが、号令に合わせ、小銭を投げ入れる。手を合わせて祈

恰好のひともいる）

**いしい**　わざわざ「なにかこうしよう、こうしたい」って願うのは、しんどいなあ、と僕は思うんですね。自分のはなしでいうと、これはいやだなあ、とか、そういうのなら僕はわかるんですよ、非常に。でも積極的に、これがしたい、って思うことはあんまりない。「おもしろいな」とか「変だな」とか、あるんですけど、「この感じは嫌いだ」ってわかるんですけど、で、それをわざわざこういうふうにしたい、という思いには別に。

**町田**　ははははは。

**いしい**　なりゆきまかせというか。まあ、受動的ですね。

**町田**　これじゃないといやだ、というのは？

**いしい**　うーん、日々の暮らしのなかでは、あんまり。

**町田**　友達にきいたはなしなんですけどね。建築現場で働いていて、それも非常に柄の悪い建築現場だった。彼はバンを運転して、五十代、六十代のおっさんを乗せて現場に向かうわけです。で、そのおっさんらが非常に自己主張が激しい。なんの自己主張が激しいかというと、現場に行く途中、コンビニで弁当やおにぎりを買いますよね、そのとき、それぞれの意見がある。みんな、俺はあそこじゃないとだめだっていうんですって。「あそこのおにぎりじゃないと俺はだめだ」と。全部寄っとったら、遅刻してしまうのに、一軒一軒まわれという。

**いしい**　そういう、こだわりが。

**町田**　こだわりがあるんです。ね、すごくレベルの低いこだわりなんだけど、はは、いろんな階層でそういうこだわりがあるって、けっこうつらいことだな、悩みの種だろうな。
**いしい**　ねえ、五十、六十になったら、分別もついてきて、コンビニのおにぎりなんてどれも一緒やろ、って、そうなると思うんですけど。
**町田**　つまり、そういうふうにいうてないと、自分のアウトラインがわからんようになってくる。
**いしい**　ああ、アウトライン……。自動車に乗ったみんなが同時におにぎりにこだわっているわけで、それは、ほんとに自分からそのおにぎりがほしいわけじゃなくて、現場のおっさんら同士の意地の、アウトラインの張り合いみたいな。
**町田**　そうそう。
**いしい**　ははは、なんやそれ。悩まないと不安なのかな。
**町田**　いしい君としては、おにぎりなんて、結局どれも変わりがないと。
**いしい**　うん。どれも一緒でしょ。
**町田**　今は様々なところにこだわりの種が生じていて、すごくわけのわからん市場ってあるでしょう、マニアックな、たとえば、野球選手のカードを交換しあったりする……。
**いしい**　ええ、トレーディングカード市場。
**町田**　ああいうのは普通で考えたら、奇怪な欲望なわけですよ。カード一枚に五十万円とか。昔やったら、そのものが五十万円の価値をもつかどうか、それが「ええなあ」と思うひとが百万人くらいおらへんかったら、普通には認めないところがあった。それがだんだん、千人、百人くらいで成り立つようになっていて。

**いしい**　ぼくの感覚としたらね、払う対象は別に問題やなくって、ぎょうさんの金額を払えば、それは、なんでもすっごく気持ちがいいと思うんです。といって、お金をどぶに捨てても気持ちよくはない。欲求が「おはらい」できないわけだから。価値の相互関係が、つまり市場が成り立っているなら、あほなものにお金を使うのはオッケーと思う。だから、ある野球カードがほしい、っていうのは悩みにはつながらないんじゃないか、って気がする。

**町田**　じゃあ、例えば犬の首千個とか。

**いしい**　ははは、それかなりあほですね。

**町田**　誰がほしいねんと。ところがね、それを千円で買うて二千円で売れたら、儲《もう》けが生じる。これも悩みにはつながらないわけでしょう。

**いしい**　買い手がいるわけだし。それに、儲けを出したいっていうだけなら、悩みにはなりようがない。売り手がいなくて困るっていうのはあるだろうけれど。

**町田**　つまり、そうじゃなくて、自分は何でおはらいすればいいのか、この世の中で何を買ったらいいかわからない、そういう、世の中との兼ね合いが不安なんじゃないかと。

**いしい**　そういう気がしますね。

**町田**　例えば居酒屋で、自分より二十、三十歳年上の、敬意を払わないといけないおっちゃん三人といて、店のおねえさんが「何ビールにしますか」と、「キリン、サッポロ、アサヒ、どれ？」というたときに、その三人がみな対立を始めたときに、俺は何に合意すればいいのかと。基本的には何でもいいのに、なんで俺が気ぃ遣わんならんのや、そういう……。

**いしい**　状況としてはわかるんだけれど、ほんまにそういうのは、何ビールでも一緒やろと思うんですけど。

**町田**　でも当人にとってみたら、切実な問題なわけですよ。だってどうですか、うさぎとかえるとうまなんて、どれでも一緒やんといわれたら、やっぱり違うでしょう。

**いしい**　うん、それは違います。

**町田**　ははは、そんなきっぱりと。

**いしい**　哺乳類《ほにゅうるい》と両棲類《りょうせいるい》と、奇蹄目《きていもく》は、ぜんぜん違いますよ。

（噴水前のカフェをでて、ヴィーナスフォートの店舗をめぐる。そのうちのひとつ、輸入玩具《がんぐ》や書籍を店主の嗜好《しこう》で選び、いたるところに積み上げた店を歩きながら）

**町田**　ここまで趣味をさらけだすのは、ちょっとふしぎだね。

**いしい**　なんだか、ひとの頭のなかにはいったような感じが。

**町田**　店員に、胎内回帰願望があるのかもしれん。

**いしい**　回帰かどうかわからないけど。

**町田**　いや、回帰でしょう。じゃあ、六畳の部屋を与えられたとするよね、そこに自分の脳を再現してみろ、っていわれたら、じかに再現するわけにはいかないから……。
**いしい**　じかにしたら、それこそリバーシブルで。
**町田**　だから演出として、やはりああいうアイテムを部屋じゅうに散らばらせるよりない。
**いしい**　町田さんの部屋は、それだとどうなりますか。
**町田**　うーん、十手とか髷物《まげもの》が一部にあり……。
**いしい**　やはり十手。
**町田**　「せいはち、きろく」の二人連れが座っているとか、そういうふうになると思う。猿がうろうろ歩いているとか。いしい君はどう？
**いしい**　くまとかいぬの、中身のはいってないのが、ふにゃふにゃ揺れている。
**町田**　旗みたいに。ははは、くまがはためいているのか。
**いしい**　そして四方の壁から、広沢虎造の浪曲がときどききこえてくる、そんなもんですね。わりとがらんとしている。
（趣味の店をでて、家具屋の前へ）
**町田**　ああ、こういうショールームめいた家具屋ってけっこうおもしろいんですよ。我を忘れているカップルとかいるんですね。
**いしい**　我を忘れるとどうなります。

**町田**　そのふたりは一緒に暮らしているんですね、で、まわりの目なんて忘れちゃって、「このテレビはこう置くだろ」「ええっ、テーブルはいんないじゃん」なんていって、その動きまわる範囲が、けっこう「家」になっているんですね。
**いしい**　町田さん、じっと観察してるんですか。
**町田**　わりと。カップルは家具を買おうという瞬間、まわりを忘れて、「そうだな、ここじゃなくてさ、俺はあそこでコーヒー飲みたいんだよ」とかいって。横できいてると、その家の間取りまでわかるんですよ。
**いしい**　残念ながら、今日は閑散としていますね。
**町田**　あ、ここはアウトドア。アウトドアなんて興味ない？
**いしい**　ぜんぜん。
**町田**　俺はね、ふふ、意外にちょっと……（アウトドアグッズ店のショウウインドウをのぞき）うん、ここはどこからはいるんだろうか。
**いしい**　すごい、インドアにはいれない。徹底したアウトドア屋。
**町田**　（ようやく入り口をみつけ店内へ）バーベキューセットか。
**いしい**　最近は花見でもやっていますね。
**町田**　外人ぶってね。（折り畳み椅子をもってみて）こういう椅子が、僕はね。
**いしい**　電車のなかとかで。
**町田**　アウトドアでしょう、それも一応。けっこう大きいな、これ。もちあるくにはちょっと……。花見とかしました？
いしい　ええ、部屋で。インドアで。
町田　ひとりで？
いしい　一升瓶に桜の枝飾って、赤い手桶《ておけ》みたいのにお酒いれて。
町田　それ、花見っていうのかな。
いしい　わりとちゃんと花みてましたよ。
町田　ああ、これはまた……。最近のはごっついええのんな。
いしい　なんですかこれは。
町田　湯を沸かすランプと、クーラーボックス。
いしい　こんなのに食い物いれて？
町田　いや、そうじゃなくて、ははは、飲み物はまた別だよ。まあ、入れるひともなかにはいるかもしれないけれど。うん、ようできてますな。
（釣り竿《ざお》コーナーへやってくる）
いしい　町田さん、釣りはやるんですか。
町田　一回いったんだけどね、なぜこんなことをしなければならないのか、という疑念に負けて、やめてしまいました。
いしい　へらぶなのひとたちはおもしろいですよ。
町田　ああ、池でやるんですよね。

**いしい**　池とか用水路とか、なんせ汚いところでやる。あ、釣りしているなあ、と思ったら、決まってへらぶな釣っているんですよ。

**町田**　けっこう人生投げている感じですか？

**いしい**　ちょっと。流行のブラックバスとか釣りにいかないんですか、とかきいてみたら、吐き捨てるように「ああいうのはバサーに任せときゃいいんだよ、バサーにさ」

**町田**　バサーって何？

**いしい**　バスを釣るひと、だから、バサー。

**町田**　じゃあ、へらぶなは何て？

**いしい**　ブナーですか、ってきいたら、「へら師だよ」と。

**町田**　へらへら節の略みたいだ。

**いしい**　世の中でいえば、バサーのほうが恰好《かっこう》いいんだと思うんです。もてるし。それを彼らは「へら師」と、ものすごく誇らしげにいう。

**町田**　「師」だからね。あのひとたちは昼間ずっとやっていますね。

**いしい**　平日休める仕事なのかな。

**町田**　なんやろ、散髪屋とか。

**いしい**　おでん屋とかね。昼の日中からずっとへらへら。

**町田**　しかし、毎日、いっていますよね。

**いしい**　毎日いっていますね。

**町田**　そのへら師を毎日みている我々はいったいなんやねんと。

藤棚パラダイス

（浅草の夕暮れ。江戸通りに面したギャラリーカフェéfのテーブル）

**いしい**　また人力車が走っていく……。

**町田**　俺な、来るときちょっと思ったんだけど、あれふたりで乗ったらホモって思われるかな、って。

**いしい**　ああ、同じことを考えていますね。それで衆人環視のなかをいくのは、いたたまれないだろうな。しかもあれ、引っ張ってるにいちゃんというのが、やたら太股《ふともも》とかむきだしにして、日に焼けていて、精悍《せいかん》な顔立ちで。

**町田**　日光江戸村的な。

**いしい**　観光客のおばさんへの、浅草ホストみたいな感じで、客引きをしてるんだと思うんです。そういうのに我らが乗ってもね、笑いにもならない。

**町田**　藤棚のところの女性は、あれはなんだったんだろうね。この好天に傘持って座っていたでしょう。

**いしい**　布団みたいなふくらはぎしたおばさん。あの店の、ちょっといい女将《おかみ》さんって感じのひとと、親しげにはなしていましたね。

**町田**　あのひとはきれいな顔。美人でしたよ。

**いしい**　こういう髪の毛の、ちょっと痩《や》せている……。とにかく飲むでもなし、ただ座っているだけでしたね。しかも傘持って。

**町田**　でもなんか、参加意識ありましたよ。おっさんの隣で。どんな話でもいちおうきいているような。海外なんかへいくと、あんな感じかなと思うんです。ことばがわからへんから、基本的に笑いながら参加して。自分は敵ではないよというか、いちおう自分もオンしておくか、という。でもなんもいわれへんから、しゃあなしに……。

**いしい**　たたずんでいる。

**町田**　犬みたいに。

**いしい**　あのひとたちは、観光地だから浅草にくるんじゃなくて、あそこの場所の日曜の午後の空気が忘れがたくってくるんですね。あそこが、自分のなかでは、いちばん好きな場所になっていると思います。

**町田**　パラダイム感ですよ。俺はパラダイスやと思うな。なんていうのかな、ふだん戦争してんねんけど、週に一回だけ休むみたいな。

**いしい**　リリー・マルレーンがきこえる塹壕《ざんごう》。

**町田**　まさにそう。

**いしい**　「花屋敷」にせよ「演芸ホール」にせよ、みんな、浅草にあるんだからってことで、ある程度いいわけを前提に運営されてるところがあると思うんです。別に、最先端でなくてもいい。別にものすごく感激させてくれなくていい。それはなぜなら浅草だからと。

**町田**　俺はね、感激とか興奮ということ自体、昔から「めんどうくさい」というのがあるんです。たとえば名所、華厳《けごん》の滝とか、すごいといわれているところへいくと。観光でなくったって、おいしいとされている料理屋にいった場合、なんか考えなあかんやない。

ふたりでいったとして、名物のものが運ばれてきたら「どうこれ？」「おお」とか、いちいち感激しなあかんみたいな。

**いしい** 反応が業務化されるというか。

**町田** そうそう、なんか、めんどうくさいですよね。すごい川とか滝とか海とか、ディズニーランドなんてまさにそうだと思うけれど、あらかじめたかぶらせにいくというか、神経をたかぶらせることを前提にしておいて、で、自然にたかぶっていくのはいいんですけど、あらかじめたかぶることを前提にしておいて、で、そこにあるものをみてたかぶるのは、とてもくだらない、むだなことをやっているという気がする。

**いしい** その点、浅草という観光地は、もう、新たな興奮とか感激なんてものを提供しようなんて、はなっから考えていないところがあって。

**町田** なるほど。考えてるところはあるかもしれないけど、それは違う方向へいっちゃっている。ビートストリートめぐりとか。

**いしい** ぜんぜん空舞いになっていると。以前、町田さんと話していたとき、まずいもの屋のはなしがでましたね。うまいものって、感想をきかれても、ただ「うまい」ぐらいしかいえない。それ以上いうと、なんだか余計な気分。いっぽう、まずい食べ物って、多岐にわたる表現のしかたがある。奥に座ったおばあさんが赤子の頭をなでる手つきをみて、いやな予感がしたとか、机に手をついてにちゃっとしたとき、ははん、これは……。って思っただとか。

町田　それはたぶん、いいたいことがあるから。腹が立っているから。そういう体験をなぜひとにはなすかというと、「わかってくれよ、なあ、俺の気持ちを」っていうところがあると思うんです。うまかったら、基本的に幸せだし、そんなに他人もききたくない。ある怒り、怒りまでいかんまでも、ある程度マイナスの運動があったほうが、ひとに伝えたいっていうのがわいてくるでしょう。

いしい　だから僕は、まずいものを出す店ってわりと好きで、そこでかかっている音楽とか、置いてある雑誌だとか。あるとき、がらんとした定食屋で、カキフライごはんを注文したら、そのカキがカキっていうより、もう貝かどうかもわかんない。

町田　ぐずぐずで。

いしい　流れ着いた木ぃみたいな匂いなわけです。これはやばいなあ、味噌汁《みそしる》で間をもたそうかな、と味噌汁をみると、ばしゃばしゃとしぶきが立っていて。

町田　いやに新鮮な。生きてる味噌汁。

いしい　取れたてじゃーん、ってよくみると、大きなアブラムシが懸命にクロールをしている。もう、笑いましたよ。ふふふふ、って。それで「おっちゃん！　おっちゃあん、虫はいってるよ！」いうたら、調理服のおっさんが厨房《ちゅうぼう》からでてきて、「ああ、ごめんよう、はいっていたかい？　どこにはいってる？　ごめん、おじさん、目がみえないんだよ」

町田　うーん、それはね、前もききましたが、いや、すばらしい話ですよ。

いしい　こういうのは、ものすごくいとおしいんですね。

**町田**　それってちゃんと映画にしたら、アカデミー賞ですよ。

**いしい**　それはわからないけど。

**町田**　目のみえない調理師と少年の、ひと夏の友情……。（注文したカフェオレが運ばれてくる）ちぇっ、カフェオレか、ばかばかしい。って自分で頼んでおいて。

**いしい**　町田さん自身は、悩みってあるんですか。

**町田**　ひとつあるのは、老いですね。若かったときなかった最近の悩みというのは、こういう肩かけカバンがね、ずりおちてくるんですね。若いころはこうやったままずーっと安定していたんです。それが、年齢とともにだんだん落ちてくる感じ。だからといってこうきつくしめると、圧迫感があって苦しいし、なんかとても不愉快なんですね。

**いしい**　なで肩の悩みですか。

**町田**　もうひとつあるのは、今日は、歩きやすい靴をはいていたんですけど。ブーツ型の。そしたら、地下鉄の階段をおりていくうちに、靴下がじょじょにずれていくという。かかとが前にいく。

**いしい**　前のほうへ、ずるずるたるんでしまうわけですね。

**町田**　そうそう。そんないい加減な靴下じゃなくて、ちゃんとした靴下なんですけど、なぜか今日にかぎってかかとが、本来靴下のかかとがあるべき場所から、すごい前のほうへいってしまって。ないですか、そういう靴下問題。

**いしい**　前にいくというのはないですけど、そろいの靴下がぜんぜんない。だから片一方だけの靴下というのが、今はうちに十足ぐらいあるんです。それにはすごく憤慨しているんですね。

**町田**　それは、洗濯して干すとき、もうないわけですか。

**いしい**　自分で洗濯するんですが。他人任せにしておいて、そのひとがイースターのうさぎが卵を隠すように、あちこち隠しているとか、そういうことはありえないはずなんですけどね。

**町田**　それは脱ぐ段階でもう。

**いしい**　ないのかもしれません。

**町田**　靴下問題はけっこうありますね。以前、靴下ってほんとうに必要なのかと思って、やめてみたことがあるんですけど、逆に気持ち悪いですね。靴下をはかないと汗まみれになって。

**いしい**　うんうん。僕のうち、床が板張りなんですが、そこをはだしでぺたぺた歩いていると、しばらく放っておいたら、ねちゃねちゃしだして、その足跡のところにだけほこりがもわっとかたまっていたりして。

**町田**　それは最低ですね。

**いしい**　いやなもんですよ。だから靴下も必要なのかなと。

**町田**　自分はなにがいやかというと、タイトなものがいやなんですね。

**いしい**　ルーズのほうがいいですか？

**町田**　ぎゅっとなるというのかな、鬱血《うっけつ》するようなね。あれがいやで、だから脱いだらすごく解放感がある。
**いしい**　じゃあ足袋がいいですよ。
**町田**　それは通気性がいいということですか？　形がということ？
**いしい**　かかとのところでこう三つ、ホックで留めるんで、ずれてこない。それに立体ですから、圧迫もなにもないわけです。
**町田**　形が木靴のような。
**いしい**　地べたに置いたら、足のかたちのまま立つわけですから。
**町田**　普通に洋服着て足袋はいていたら、ごっついですね。
**いしい**　それはそうですね。悩みってそれぐらいですか？
**町田**　うーん。これぐらいのもんですねえ。（カメラマンに）なにかありますか？
**カメラマン（以下※）**「まあ、あります。目が悪くなってきて、現像のとき困るとか」
**いしい**　それはまた切実な問題ですね。
**※**「あと、家がすぐほこりだらけになるとか」
**町田**　はははは！
**いしい**　それは大変だ、すごい大事なことだ。
**町田**　それちょっと話し合おう。みんなで話さんといかん。
**※**「毛とかすごいかたまって、落ちているんです。どこからこんなに抜けてるのか

わからないほど」

いしい　ほう……。

町田　毛ぇとかがなあ……。

いしい　それはいつも決まったところにかたまって落ちてんですか？

※　「いや、みたらいつもあるっていう感じで」

町田　それ、私、思うんですけど、掃除機かけたらどうですか？

※　「かけてもすぐほこりだらけになるので」

町田　すぐ、というのは、かけて一時間とか？

※　「すわって、ぱっとみたらあったりとか」

いしい　それは怪奇現象じゃないのかな。

町田　掃除機はどういうのを使っていますか？

※　「ぶいーって、ものすごくやかましい音がでるやつです」

町田　なるほど、掃除機のなか、捨ててないでしょう、だからそういう音が。

※　「ああ、そうですね、捨てていません」

町田　掃除機のなかを掃除してから部屋を掃除するようにしたらどうでしょう。

※　「今度そうしてみます」

（日の暮れた仲見世を歩く。あちらこちらでシャッターが閉まっていく）

**いしい**　ああ、蜂犬の写真がまだありますね。

**町田**　この店は、いったいなんでしょうか。

**いしい**　犬に関するあらゆるものを商っているようです。首輪とか。うわあ、あの首輪すごいですね。土佐犬用でしょうね。

**町田**　ああいうのをチワワがはめていたらすごい迫力ですね。

**いしい**　ほかに犬の置物。おもちゃ。なぜか宝石が置いてあります。

**町田**　犬用の宝石でしょう。犬宝石《いぬぼうせき》。

**いしい**　ぼうせきか。やはり濁点がつくんですね。

**町田**　さっきのほこりの悩みだけれど、うちは猫の毛がすごくって。ほかには、畳や建具が傷だらけになるんです。ただ、しょうがない、猫のほうが人間に対して怒りは多いでしょうから。

**いしい**　人間に対して？

**町田**　「きょうは雨やんけ。やませ」とか。

**いしい**　ああ、なるほど、寒いやんけと。

**町田**　「ええかげんにせえ、この寒さ、どう思とるんじゃ」とか。「飯がまずいぞ、毎日同じもんばっかり食うてられへん。目先変えろ」とか。

**いしい**　猫も様々な訴えを発するんですね。

**町田**　なにをいうているのか、ぎゃあ、いうてわめいてるだけなんだけれど、こちらが推測するに、あとは「俺を腹に乗せろよ」と。

**いしい**　ああ、なるほど。

**町田**　「動くなよ、おまえ。俺を腹に乗せろ、なんのために生きとるんじゃ」って。

**いしい**　なんでそこまでいわれないといけないのか。ただ、その猫の気持ちはわかるような気がします。「これがいちばんだ」「ずっと絶対にこうしていろ」っていう永続的な訴えじゃないですよね、その場その場で、より楽なほうへ、楽なほうへっていってるだけで。

**町田**　うん、猫の望みは、よりよい状態を求めているだけのことで、欲求の頂上をめざして進もうとか、そういうのはないですね。平均的に充足状態にある。山じゃなくて、フラットな段々がつづいてるみたいな感じじゃないでしょうか。それにしても夜になると、ほんとひとが減るね。

**いしい**　あと一時間もすると誰もいなくなりますよ。これからみなさん、お食事をしたりだとか、東京タワーにのぼったりとか、いろいろとしんならん。あっ、こっち、曲がりましょう（伝法院通りへ）。

**町田**　ああ、ここがいしい君のいっていた……。

**いしい**　そうです。地口行灯《じぐちあんどん》のさがっている通り。

（電信柱ひとつずつに、地口とその元ネタ、簡単な絵が描かれた電気看板がついている。いしい、町田、それぞれを仰ぎ見ながら進んでいく）

**町田**　ええと「ふられて帰るあほうもの」、ふんふん、「振られて帰る果報者」の地口ですな。あほうものの顔が、いかにもあほうものらしく描いてある。
**いしい**　「かかしがわるけりゃあやまろう」、「かかし」はつまり「わたし」ですね。このかかし、別に謝ってもなにもしていない……。
**町田**　「そまのきょうだい」、うーん、「曾我《そが》の兄弟」。
**いしい**　そま、って何ですか?
**町田**　きこりのことですね。ああ、きょうだいは「鏡台」か。だから芸者が鏡台をみていて、そのうしろに斧《おの》が置いてある。
**いしい**　そまの鏡台。
**町田**　いや、ほんと、すごいですね。「唐人につりがね」?　「提灯《ちょうちん》に釣り鐘」でしょう、ははは、困っちゃうね。「うめづらしいお客」、珍しいお客、お客のつらが梅の花。
**いしい**　これが僕は好きなんですよ、「かおへなげたるこて八丁」。
**町田**　どれどれ、「かおへなげたる」……通いなれたる土手《どて》八丁。これ、すばらしいですな。
**いしい**　絵もあいまって。
**町田**　これシュールですね。これはいい。エクセレント。
**いしい**　こてが空中で停まっていますね。しかも、これは別に、女性でなくてもいいんじゃないのか。
**町田**　このあとどうなったんだろう。

**いしい**　足がどうなってるか、わっからへんし。

**町田**　ほんま、ははは、ぜんぜんわからない。ええと次は「ろうそくまて」。これ好きですね。盗賊待て。ははは。ブチ飛びだな。こんなのみてたらもう、すべての悩みが一気にね。なくなりますよ。

**いしい**　だからね、ビートストリートがあるんだったら、ここは「悩み解消」ストリートと呼ぼうと。

**町田**　うん、そうしましょう。

**いしい**　地口行灯の新作を考えればいい。

**町田**　新作を。悩んでる暇なんてない。次は「はねがはたきの世の中じゃ」、ははは、当たり前じゃないか、みたいな。

**いしい**　金がかたきの世の中じゃ、がもともと。いちばん好きなのはこれですね、「こいぬの」……。

**町田**　「こいぬの竹のぼり」。あのね、鯉が滝をのぼるのは、縁起がええとかいろいろあるわけだよね。それがどうして、こいぬが竹を。なんの意味が。

**いしい**　この、ほくほくした感じの絵もすばらしい。

**町田**　すばらしいよ。すごいです。当たりです。こういう絵をみていると、そのひと本来の属性とか、本来の行動パターンとか、職業的見地だとか、そういうものすべてが破壊されてしまう。

**いしい**　アウトラインとかね、どうでもよくなるわけで。

**町田**　はははは、「こいぬの竹のぼり」。どんな悩み抱えてるひとも、伝法院通りを訪れよと。

**いしい**　そうして地口を作りなさい。

**町田**　そのひとの世界観がすべて破壊された状態で、しかも、本人はなにも疑問を感じていないような横顔で。行灯《あんどん》をみあげて。

**いしい**　じゃあ、もうちょっと先にいってみましょうか。

**町田**　そっちにはなにがあるの？

**いしい**　夜のパラダイス跡です。暗いですよ。

**町田**　ああ、それは、是非みてみたいですね。

# あとがき

町田　康

本書の第一章「どうにかなる人生」は人生相談として毎日新聞日曜版に連載していたものであるが、連載中もまた連載終了後も、「君が人生相談をやるなんてのは、おっどろいたね、どうも。世も末だね、どうも。プロマイドだよ。プロマイド」などと驚かれ、かつ呆《あき》れられたものであるが、その背景には、「おまえのようなやつが人の人生の相談に乗るなどというのは十年早いんじゃ、ぼけ」という失敬千万な、人を軽侮するがごとき思想がみてとれ、まったくもって腹が立つことこのうえない。

しかしながら、そうしてひとに言われると腹が立つが冷静に考えてみるとその通りかも知らず、なんとなれば、人の相談に乗るためには、自身はけっこういけていて、人をして、ああああの人はああいう立派な事業を成し遂げた人なのだから、その人生において様々の立派な経験をし、立派な見識をたくさん有しているに違いなく、そういう人にいろいろな知恵を授けて貰《もら》いたい、薫陶を受けたい、人生の先達とあおぎたい、と思わしめねばならぬが、ひるがえって自分は、というと、なんですか？　この体《てい》たらくは？　若くしてパンク歌手になりさがり、他の嘲笑《ちようしよう》と侮蔑《ぶべつ》を一身に浴びて生きてきたのであり、初手から人生の失敗者・破産者なのであって、誰がこんな奴に人生の相談をしたいというのだ、という御意見が出るのももっともなことといえるのである。

う、でもね。キリスト様言ってる。「金持ちが神の国に入るのは駱駝《らくだ》が針の穴を通るよりむずかしい。金持ちのあなたが神の国に入りたいのなら、全財産を貧民に分け与えてわたしと一緒に来なさい」本当の本当にシビアーな、人間のぎりぎりの肝要のところでいうと余裕の部分で人を救うというのは救ったことにならない。

自分は自分の家を確保していて、家のない人に飯を与えるというのは偽善である。自分の家を売り、その売却代をみなに分け与えるか、或《ある》いは自宅を開放してどんな人でも宿泊できるようにしなければならない。

溺《おぼ》れている人に岸から水泳法を伝授したって無駄だ。自分も水に飛び込んでずぶ濡《ぬ》れにならなければならない。人を救うとはそうして一緒に水に溺れたり、泥や焼き鳥のタレにまみれしなければならない。余裕かまして口髭《くちひげ》ひねって偉そうにしてんじゃねぇよ、腑《ふ》抜《ぬ》け野郎。

そう思って後先考えず水に飛び込み、あわわ、溺れてる人と一緒に溺れたり、泥濘のなかを匍匐《ほふく》前進したり、そこら辺を掃除したり、とりあえず走ったりと、とにかく余裕はかましませんでした。しかしながらそれが相談者の救いになったかというと、僕はいま寂しくほほえんでいます。そして、ひとり秋風の吹く曠野《こうや》に立ち、毎日新聞出版部の永上　敬様、デザイナーの石川絢士さん、フォトグラファーの石井孝典さん、一緒に浅草や丸ノ内を歩いてくれた溺れ仲間のいしいしんじさん、そして本書を手にとってくれたブラザー&シスターへの感謝の言葉を叫んでいます。ありがとう。ありがとう。ありがとう。ありがとう。この言葉、僕は腹からいってます。縁があったらまたあいましょう。そんときまでお元気で。さようなら。

# あとがき

いしいしんじ

大阪うまれの知人からおもしろいはなしをききました。

三十五歳になる彼は、引っ越しアルバイトのエキスパートで、「竹」クラス会社の管理職並みの収入を、毎月、そのアルバイトのみで得ています。正社員にならないのは、保険だ税金だ年金だ、と、わけのわからない名目でお金をむしりとられるのがいやだからだそうで、二十数年間この業界にパートタイマーとして君臨する彼を、引っ越し会社の人事部員らは敬愛の念をこめ、

「パンダさん」

と呼んでいます。

十年近く前、パンダさんとアルバイト学生たちは、とある巨大団地の一室へと出向きました。階段をとおって四階へ、すると踊り場にもう、スチールだなやモップが運び出されてあります。用意周到なひとなんだな、とパンダさんはおもった、そして呼び鈴を押したのです。

ひらかれた戸口のなかをみて、パンダさんはじめ全員、啞然《あぜん》としたそうです。玄関先に

はふとん、衣類、杖《つえ》に自転車などが散乱。台所の床にこたつ、ちゃぶ台がバベルの塔のように積み重ねられ、そのうえに湯飲み、どんぶりなど食器のたぐいがずらりならべてある。流し台をおおっているのはカーテンで、そのしたに積み上げられたでこぼこは、現代美術《み》の緊縛オブジェをおもわせます。居間の奥は黒々としたなにかがひしめきあい、まるで見世物《せもの》小屋の舞台裏のようです。

部屋の住人は、整理整頓《せいとん》のきわめてにがてな老夫婦でした。そのくせ買い物は好き、目についたなんでもりちへ買ってかえらなけりゃ気がすまない。階段におかれてあった家具類は、引っ越し用に運び出しておいたのではなく、もともと、そこにおいてあったのでした。パンダさんによれば、整理べたなひとが、住居内の混乱が臨界にまで達したとき、引っ越しによって「ふりだし」にもどろうとするのはけして珍しくはない。ただ、この部屋は常軌を逸していた、ユニットバスの風呂桶《ふろおけ》いっぱいに熊や恐竜のうす汚れたぬいぐるみがつめこまれ、ノアの箱舟ってこんなだったとしたらいやだな、パンダさんはそうおもったそうです。部屋のものかげにくだんの老夫婦がいて、お茶をすすりすすり、はっぺたをふくらして那智《なち》の黒飴《くろあめ》をなめています。

エキスパートたるパンダさんは、まず食器類からはじめることにしました。つづいてたんす、こたつのたぐい。それらをもちあげると、古びたお皿や茶碗《ちゃわん》がまた姿をあらわします。じゅうたんを丸めると、そのしたに茣蓙《ござ》。ござをひきあげると、通販カタログがぎっしり。

学生のひとりがぽつりとつぶやきます、

「こんなん、おぼんこぼん、やがな」

するともうひとりがそれをうけ、食器類をひろいながら、

「きみがいいたいのは、つまり、カウスボタンやないのか」

パンダさんは段ボールをひろげ、

「ええい、ダイラケや、ダイマルラケットやちゅうの！」

無限につづくかのような引っ越し地獄のさなか、パンダさんと学生たちは段ボール類をもちあげるたび、順繰りに、漫才コンビの名をつぶやいていきます。

「こたつに、千里万里」

「これぬいぐるみやったな、軽いわ、コメディーNO.1」

「そっちふたりで支えろ、ダブルヤング」

「いとしこいし、ああ腰いた」

結局パンダさんに率いられたアルバイト学生たちは、たった一時間のうちにすべての荷物を運び出していました。作業がおわったがらがらの部屋で、整理べたのおじいさんが怪訝《けげん》そうに、

「きみらがいいたかったのは、ほんまは、てんやわんやでしょう」

そうつぶやいたというのですが、これはさすがに眉唾《まゆつば》とおもいます。

漫才師の名前をあげていく、というのは、一見、無駄な受け応《こた》えにみえます。ただ、そ

の受け応えが、作業の苦難を忘れさせ、それどころか作業自体を円滑にすすめる作用をもった。学生たちは仕事のあとで、おまえがさっきいった漫画トリオは三人なのでルール違反ではないのか、と、まだゲームをつづけていたらしい。

ひとがなにかいう、それにまじめにこたえをかえす。この繰り返しは、悩みを消し去る力を、しばしばもちます。町田康さんがおっしゃるように、ひとの悩みのすべてが人間関係に集約されるとするなら、テンポのいい、無駄な受け応えって、人間関係のおかしさ、関係の一面にしばられてのたうつ滑稽《こっけい》さに、聞き手の耳をひらかせてくれるものかもしれません。

編集者の永上さん、装丁デザイナーの石川さん、ご苦労様。カメラマンの石井孝典氏に感謝。ロンシャンの馬、流鏑馬《やぶさめ》、ミゼットサッカーのみんな、ギャラリーéfに幸あれ。浅草フェリーニ楽団は最近、吾妻《あづま》橋を渡った墨田区側へと移りました（日照の問題でしょう）。新橋やきとり屋のみなさん、くれぐれもお元気で。やぶじかには、ぜひ今後もアフロのままでいてほしい。蜂犬、元気だせ。そして親愛なる相方の町田康さん、てんやわんやの道中、こころよりありがとうございました。

# これが解説でいいのか？

みうらじゅん

〝悩みなどない！〟

と、言い切る人に会った例《ためし》がない。

悩みがないこと自体も人間として悩みだからだ。

「おまえにだけ言うけどさぁー」

人は悩みを打ち明ける時、〝こんなにヒドイ目に会ってるのはワシだけだろう〟と、ある種、自信満々である。

当然、そのヒドイ目がどれくらいのレベルのものか、理解出来る知り合いを友達リストの中から厳選するわけだ。バカでは困るし、フーゾク狂いでも困る。ある程度、教養がないと同情も共感もしてもらえない。

か、といってエラソーに上からモノを言われるのもシャクなので、人は自分と似たような環境に置かれてる友人をチョイスする。

要するに悩みを打ち明けたいプレイであって、今はアドバイスなど聞く耳は持たないのであーる。だからこそ悩んでいるわけだ。

「分るよ、とっても」「そりゃーヒドイ」「オレだったら死んじゃうかもね」

この三つを言ってもらうために打ち明けたいのだ。

でも実際はそうはいかない。それも悩み。

「おまえなんかまだマシだよ、オレなんかさぁー」

が、相手の口から出始める時（二軒目の飲み屋辺り）、こんな奴に打ち明けたのが大きな間違いだって気付くだろう。

聞き手から喋《しゃべ》り手、〝対談じゃねぇーんだよ！〟、もう時はすでに遅し、人生の中で一番、退屈な時間を味わうだろう。

人間はどんなことでも勝負に変える生き物である。

そして、確実に悩みにはレベルがあって、

「そんな小さなことでくよくよするなよ」

って、大きな悩みを抱える勝者に諭されるものなのであーる。

そして人間は日々、退屈を紛らわすためにいかなる時にも悩みを捜しているのである。

〝いいことがあると、わるいことがある〟

この事実は意外と知られていない。

わるいことがないと、いいことがあったことに気付かないボケっぷりも人間の特徴なのであーる。

〝ものすごくいいことがあると、ものすごくわるいことがある〟

これは努めて常識内を意識して生きている人間には訪れない。

石川県能登金剛のヤセの断崖《だんがい》でも、福井県の東尋坊だって構わない。崖《がけ》っぷちギリギリに咲いた花を取りに行く意志があるか、ないかで人生は分れる。

それを〝ロック〟、または〝パンク〟と呼ぶのである。

人生は一度キリなんだと、強く諦《あきら》める姿勢に、ものすごくいいことも、ものすごくわるいことも訪れるのである。

〝人は何のために生きているのか？〟

答は風になんか舞っていない。他人に憧《あこが》れられたり、羨《うらや》ましがられたりしたいから生きている。

それを言っちゃーおしめぇだよって、寅次郎《とらじろう》は言うかも知れないが、それを隠しながら生きているのも人間なのであーる。

町田康という人に一度だけお会いしたことがある。オレよりカッコイイ人だった。理由は顔かな。オレの好きな顔。出来ればあぁ成りたかった顔だった。あの顔ならオレは80年代、思想がなくてもパンクしていたと思う。

残念なことにオレの顔はその時期、優しさフォーク・フェーイス！　声も笑福亭系のダミではなく、〝○○なんですぅ〜♪〟みたいなフヌケ声。随分あれからがんばってタバコも酒もガンガンやって、顔も声も体も壊したもんさ。

「調子に乗ってるからだ」と、世間は笑うだろうが、ものすごくいいことのためには、ものすごくわるいことも通過しなければならない。それが〝ロック〟、またはパンク。きっと町田康とゆー人はそれを存分くり返し、最終的に〝人生なんてどうにかなる〟ことを、悟られたのだろう。

本書の悩みは世間的にはどうでもいい、そんなこと自分で解決せーよ的なものではあるが、日常些末《さまつ》と言われていることにこそ真理が存在する。

〝全てはない、空である〟と、分りきったことが分らなかった時代に、ゴータマ・シッダールタ先生はおっしゃったが、いまだ分らない人も多いと聞く。

ここはパンクという荒業を通過し、自然体でモノを言う町田康さんが必要なのである。

最後に、〝自分捜し〟などするな。しなきゃなんないことは〝自分なくし〟。死ぬまでにどれだけ自分のボンノウを刈り取ることが出来るか？

自分などに成ろうとせず、憧れの人に一歩でも近づく努力をしていれば退屈もせずにその内、死ぬ日がくると思いますよ。

本書は二〇〇一年一〇月に毎日新聞社より
刊行された単行本を文庫化したものです。

人生《じんせい》を救《すく》え！

町田《まちだ》 康《こう》／いしいしんじ

角川文庫 14171

平成十八年三月二十五日 初版発行

発行者――田口恵司

発行所――株式会社角川書店

東京都千代田区富士見二―十三―三

電話 編集（〇三）三二三八―八五五五

営業（〇三）三二三八―八五二一

〒一〇二―八一七七

振替〇〇一三〇―九―一九五二〇八

印刷所――暁印刷 製本所――BBC

装幀者――杉浦康平



ま 24-2

ISBN4-04-377702-7 C0195

# 角川文庫発刊に際して

角川源義

第二次世界大戦の敗北は、軍事力の敗北であった以上に、私たちの若い文化力の敗退であった。私たちの文化が戦争に対して如何に無力であり、単なるあだ花に過ぎなかったかを、私たちは身を以て体験し痛感した。西洋近代文化の摂取にとって、明治以後八十年の歳月は決して短かすぎたとは言えない。にもかかわらず、近代文化の伝統を確立し、自由な批判と柔軟な良識に富む文化層として自らを形成することに私たちは失敗して来た。そしてこれは、各層への文化の普及滲透を任務とする出版人の責任でもあった。

一九四五年以来、私たちは再び振出しに戻り、第一歩から踏み出すことを余儀なくされた。これは大きな不幸ではあるが、反面、これまでの混沌・未熟・歪曲の中にあった我が国の文化に秩序と確たる基礎を齎らすためには絶好の機会でもある。角川書店は、このような祖国の文化的危機にあたり、微力をも顧みず再建の礎石たるべき抱負と決意とをもって出発したが、ここに創立以来の念願を果すべく角川文庫を発刊する。これまで刊行されたあらゆる全集叢書文庫類の長所と短所とを検討し、古今東西の不朽の典籍を、良心的編集のもとに、廉価に、そして書架にふさわしい美本として、多くのひとびとに提供しようとする。しかし私たちは徒らに百科全書的な知識のジレッタントを作ることを目的とせず、あくまで祖国の文化に秩序と再建への道を示し、この文庫を角川書店の栄ある事業として、今後永久に継続発展せしめ、学芸と教養との殿堂として大成せんことを期したい。多くの読書子の愛情ある忠言と支持とによって、この希望と抱負とを完遂せしめられんことを願う。

一九四九年五月三日